FINE D'ANNO

PAOLA DRIGO

In berretto e mantello, con una valigetta in mano, Alberta si affacciò all'uscio della mia stanza da letto e disse: - Vuoi che resti? Se non ti senti bene non parto.

Notai il suo seno aggressivo che l'ampio scialle di pelliccia non riusciva ad attenuare, il seno della donna matura che esiste senza un perché, senza una giustificazione; e nel viso grasso e olivastro gli occhi vivacissimi rimasti miracolosamente giovani, ridenti e un po' ironici, occhi di diciott'anni, dei tempi del Sacro Cuore.

- No assolutamente, - risposi - ti sei sacrificata anche troppo. La mia indisposizione è cosa da nulla. Parti, parti senza pensiero.

Ci abbracciammo. Sulla soglia ella si voltò, si soffermò ancora un attimo a guardarmi agitando la mano piccola guantata di grigio.

- Del resto, - disse, - il tuo aspetto mi rassicura. E... coraggio!

Udii i tacchi alti scandire il ritmo del suo passo attraverso la sala, il rumore secco del richiudersi della porta sul giardino, il pulsare della macchina, lo scorrere tacito delle ruote sulla ghiaia; ai cancelli, il clacksong ripetere tre volte il suo rauco grido.

Poi la mia stanza fu sommersa nuovamente nel silenzio.

Eravamo alla fine di dicembre, un dicembre freddo, ventoso; i campi intorno lividi; in montagna, la neve fino a mezza costa.

Per semplificare riscaldamento e servizio, avevo chiuso quell'anno completamente il piano nobile della villa e trasportato i miei appartamenti notturni al pianterreno, in una stanzetta di pochi metri quadrati dove un tempo si mettevano al riparo le seggiole da giardino, una stanzetta tutta porte e finestre che pareva un'uccelliera.

Aveva essa un grazioso soffitto a stucchi, ed era davvero un alloggio originale.

Un semplice cancelletto in ferro e vetro la separava dalla serra, attraverso il quale, dal mio letto, potevo quasi toccare le larghe foglie puntute dei camerops, e i gigli rossi che protendevano verso il sole le teste fiammeggianti; l'altra parete era quasi tutta presa da una finestra di forma bizzarra, più larga che alta, di dove vedevo le due grandi magnolie solitarie sul prato; nella terza parete, un'altra finestra, differente dalla prima, scavata a imbuto nello spessore del muro come quelle dei castelli, si apriva verso le montagne: azzurre, verdi, nere, nere e bianche, secondo la luce e la stagione.

E tutto questo era molto bello, fuor del comune, ed anche grandioso, e mi dava talvolta la curiosa impressione di dormire all'aperto.

Ma naturalmente, sia per i tanti fori nelle pareti, sia perché il calore non veniva alla mia stanzetta che dalla stufa del salotto accanto, non si poteva dire che vi facesse un tepore proprio primaverile, e di mobili, oltre al letto e ad una poltroncina, ci stava poco di più.

Io avevo tappezzato quel che c'era di parete con una bella vecchia stoffa di colore smorto, e sopra il mio letto avevo messo quel disegno di Dürer che raffigura una testa di donna con un'espressione così triste, così triste, che, guardandola, mi pareva di toccare il mio cuore.

- Che grazioso nido! - dicevano le amiche se nell'attraversare il salotto gettavan l'occhio verso l'improvvisato accampamento.

E qualcuno che non era stato mai qui, si era felicitato della mia decisione di passar l'inverno in campagna: - «Come l'invidio di poter godersi tutto il sole, in una bella villa antica, fra grandi alberi e vecchie statue» ecc. ecc.

Altri, di tendenze pedagogiche e moraleggianti, aveva esaltato la gioia di vivere «accanto» alla natura; «lungi» dagli arrivismi e dalle «competizioni» che ammorbano l'atmosfera cittadina ecc. ecc., e mi aveva raccomandato di profittare del «divino silenzio» per dedicarmi «all'arte».

I parenti poi, dopo avermi detto in mille occasioni che, loro, in questa solitudine, non ci sarebbero stati «neppure dipinti», a fatto compiuto, senza approfondirne i motivi, si erano trovati d'accordo nel sentenziare che la pace campestre e l'aria montanina... avrebbero indubbiamente giovato alla mia salute.

In realtà, la pace era relativa, e all'arte e alla salute c'era ben poco tempo e voglia di pensare: io sapevo bene di che si trattava, e sola io, avrei potuto parlare con cognizione di causa di ciò che mi aspettava quell'inverno in campagna.

Sì, stavo nella bella villa antica cogli stucchi alle pareti e alla torre l'orologio del Terracina, e, quando c'era, mi godevo tutto il sole, e potevo passeggiare sotto i grandi alberi come Giuseppina alla Malmaison: questa era una delle facce del quadro; l'altra, spoglia di abbellimenti retorici, era che dovevo stare in campagna quell'inverno, e forse altri inverni ancora, tutt'altro che per un elegante capriccio o per dedicarmi alla vita contemplativa, bensì per prendere in mano personalmente ed energicamente l'amministrazione dissestata.

Avevamo avuto per lunghi anni piena fiducia in un fattore che pareva l'onestà in persona: quest'uomo era morto all'improvviso, stramazzato per sincope in mezzo alla strada, ed ecco alla sua morte erano saltati fuori infiniti malanni, imbrogli, disordini, guai, che mettevano in pericolo il modesto patrimonio che provvedeva alla nostra esistenza.

Bisognava correre ai ripari al più presto: innanzi tutto capire, poi, scernere il guasto dal sano, sistemare, semplificare, salvare.

Ed a ciò mi accingevo io, sola, colla mia poca esperienza, colla mia poca salute; questo era il panorama da contemplare: mucchi di conti, registri coll'incomprensibile Dare e Avere, Derrate, Mezzadrie, Stalle, Concimi, Cantine; questo, era il divino silenzio: colloqui interminabili con gente di campagna organicamente reticente e insincera; ore di chiacchiere vacue per cavar fuori una verità piccina piccina e approssimativa; e per di più la sensazione disgustosa della vigliaccheria umana, ché, adesso che il fattore era morto e non ne avevano più paura, i coloni si scagliavano a denunciarlo, ad accusarlo, anche degli imbrogli di cui erano personalmente responsabili.

- Ordine del poro Sior Checo. El poro Sior Checo ga volesto cussì. Ga fato lu.

Ah, la bonaria, la pura, idilliaca gente dei campi!... Da lontano, quando passavo otto mesi dell'anno in città, quando insomma i contadini li vedevo, si può dire, a volo d'uccello, a questa retorica avevo creduto anch'io; adesso, avrei potuto giurare che interessanti dal punto di vista umano ed anche artistico lo erano certo, ma bonari e idilliaci assolutamente no, e a starci insieme, e ad aver bisogno di loro per chiarire rapidamente e onestamente una situazione, c'era da rimetterci la vita.

La villa, quasi un castellotto, sorgeva in una delle più solinghe valli del Canal di Brenta, colle spalle addossate alla montagna. Larghe praterie, limitate da una fonda e ondosa cintura di bosco, la isolavano dal mondo.

La cittadina più prossima distava da noi parecchi chilometri: paesi o villaggi vicini non ce n'era; c'erano delle povere case sparse, disseminate in mezzo ai campi o lungo il torrente, al complesso delle quali era stato dato un nome. Vi abitavano in antico, favoriti dalla prossimità del confine, i più arditi contrabbandieri, tramutati, nell'epoca di cui parlo, in tranquilli lavoratori, pur conservando nell'indole e nei lineamenti qualchecosa di risentito, che si notava.

La villa era circondata da una tenuta piuttosto vasta denominata La Marzòla, appartenente alla nostra famiglia da tempo immemorabile, dove vivevano, tra grosse e piccole, dieci famiglie di coloni: una specie di piccolo feudo costituito da terreni che dalla collina digradavano al piano, e dove era in atto la cultura più varia.

C'erano vigneti, frutteti, boschi di castagni e di larici, prati irrigui, campi di grano e di frumento; e infine, come un po' dappertutto lungo le rive del Brenta, vaste piantagioni di tabacco.

Le fattorie erano quasi tutte nuove o di recente restaurate; le stalle, le cantine, le concimaie, spaziose e razionali; pozzi artesiani dappertutto: mio marito, poveretto, negli ultimi anni di sua vita aveva profuso molto denaro nella sistemazione della Marzòla.

I nostri cinque fittavoli più importanti rispondevano ai nomi di Battagin, Parolin, Lazzarin, Merlo, Capuzzo. Si chiamavano i minori Titotto, Padovan, Gatto, Pigozzo. E, come dai nomi si comprende, eran tutti del sito, e da lustri e lustri e forse da centinaia d'anni, alle dipendenze della nostra famiglia; taluni erano anche fra loro parenti.

Ma, ciò malgrado, mi ero presto avvista che non vivevano affatto in buon accordo, anzi si invidiavano, si spiavano, e sordamente si odiavano.

I Battagini, che tenevano in affitto la parte migliore della tenuta e possedevano inoltre, in proprio, una malga in montagna, erano detestati da tutti i coloni in blocco, non soltanto per la ricchezza, ma per la superbia indiavolata. Uno dei Battagini, foss'anche un bocia di cinque anni, non salutava mai per primo, né si faceva da parte per lasciar passare nessuno se il sentiero era stretto.

E tuttavia i coloni anziani amavano ricordare sprezzantemente il giorno abbastanza recente quando il vecchio Battagin era sceso dai Sette Comuni con poche pecore magre e un paio di scarpe legate fra le cocche d'un fazzoletto per tutto patrimonio. Questione di trenta o quarant'anni. Si era contentato, allora, di prendere in affitto i Pradazzi, ch'eran due larghe piane dove veniva su un'erba gialla, stenta, di cui le nostre mandre non si degnavano.

Là aveva piantato radici, fruttificato e prosperato, e poco a poco, colla tenacia del lavoro essendosi saputa guadagnare la fiducia dei padroni, dagli spregiati Pradazzi aveva allungato gli occhi e le mani sulle terre più fertili della Marzòla, e malgrado l'ostilità da cui era circondato, le aveva ottenute.

Oggi era Battagin che teneva i vigneti delle uve fine che davano un vino trasparente e biondo come l'ambra, e i frutteti delle frutta scelte che venivano spedite in città incartate nella carta velina in piccole casse quadrate, e le piantagioni di tabacco che esigevano attento e paziente lavoro, ma lo compensavano col maggior reddito.

I suoi maschi, il vecchio li aveva mandati a pigliar donna sull'altopiano di Asiago; non aveva voluto incroci; e tra figli nuore nipoti e pronipoti, oggi capitanava egli una famiglia di quaranta persone.

Erano, questi Battagini, gente di pelo rosso, quadrati, di poche parole, colla faccia sparsa di lentiggini. Al tempo dei raccolti sguinzagliavano per le terre certi loro cani di guardia feroci, rossigni anch'essi, che li somigliavano. A me piaceva il vecchio, che parlava ancora il dialetto cimbro, quasi novantenne e ancora diritto, con tutti i suoi denti, e qualche cosa di massiccio e direi di tedesco nella figura. Aveva nel tratto una certa elementare nobiltà, e per occhi due strette fessurine azzurre in mezzo alle rughe.

Confinavano a ovest con lui i mezzadri Merlo e Capuzzo, a cui erano affidati i cosiddetti larghi, vaste praterie irrigue, intersecate dalle roste, dove l'erba cresceva alta e profumata. Grandi meli sorgevano qua e là lungo le roste a distanze regolari, e d'autunno dovevano essere puntellati perché piegavano sotto il peso delle frutta. Nei larghi, a ottobre, uscivano le belle vacche bianche e nere coi loro vitellini a pascolare, e Merlo e Capuzzo arcignamente le sorvegliavano.

Erano due ometti di apparenza meschina e tutt'altro che battagliera, ma sospettosi, puntigliosi, e di lingua lunga quanto mai: si vigilavano e si malignavano per i turni d'acqua. Ma tuttavia il loro dissidio non era uscito mai dal terreno dei dispetti e delle vociferazioni, e altrettanto quello di Titotto e Padovan dove il crimine era costituito dal fatto che le vacche di Titotto saltavano il fosso per andar a mangiar l'erba nel prato di Padovan, e le galline di Padovan si divertivano a beccare il frumento nel campo di Titotto. Cose da poco.

Di ben altra drammaticità era la lotta senza quartiere che si combatteva fra Parolin e Lazzarin, i cognati, che avevano le case e i poderi contigui nella Marzòla alta, su, al margine del bosco. Qui si trattava dei confini: pochi centimetri di terra contestati... E per quei pochi centimetri di terra, da lustri, di padre in figlio, l'un di qua l'altro di là di un fosso, Parolin e Lazzarin quotidianamente si insolentivano. Erano corse querele. Parolin era stato condannato per ingiuria. Allora aveva messo nome Lazzarina a una sua cagnetta per poterla svillaneggiare a piacere senza rischiare la gattabuia. Un bel giorno la cagnetta era sparita. Cerca e cerca, un ragazzo che andava per funghi l'aveva trovata, ma fuori della Marzòla, al di là del torrente, penzolante da un albero con un nodo scorsoio, colla lingua e gli occhi di fuori, stecchita.

Buona gente erano i Gatto, e benestanti e numerosi quanto i Battagini, ma in passato pare si fossero sposati troppo spesso fra parenti, e i figli nascevan loro l'un dietro l'altro come i conigli nella conigliera, e venivan su male, gialli, colla testa grossa, le gambe arcuate. Fra i tanti, ne avevano anche uno sordo-muto, deficiente, il quale non potendo accudire a nessun lavoro regolare, vagabondava dall'alba alla sera per la Marzòla, e al tempo della frutta era continuamente accusato or dall'uno or dall'altro colono di piccoli furti.

Poi c'erano i Pigozzi, detti «le Pigozze». Strana famiglia: composta di cinque femmine, tutte, tranne una vedova, pulzelle, e di tre uomini scapoli, il più giovane dei quali si vedeva raramente, ed era un ragazzo lungo, scialbo, col viso sparso di grossi foruncoli, che teneva sempre gli occhi a terra, e, dicevano, voleva «andar missionario». Gli altri, assai più anziani, quasi vecchi, spazzavano, cucinavano, facevano il bucato e lavavano i piatti, mentre alla vanga, alla falce, all'aratro, stavano le cinque femmine che li comandavano a bacchetta.

Una specie di matriarcato, che raggiungeva però un risultato imprevisto: il podere delle Pigozze era bello, lucido, ordinato come un giardino, anzi come un ricamo. Ma malgrado la leggiadria del loro lavoro le Pigozze erano viragini che vegliavano sulla loro roba con ferocia, e guai se il muto avesse messo piede nel loro fondo: capaci di rompergli la testa con un sasso, come infatti gli minacciavano.

Questo, l'idiota lo capiva benissimo, e quando vedeva le Pigozze al lavoro per i campi, girava al largo, fuori di tiro, ma le sbeffeggiava a distanza, dicevasi, con gesti osceni.

Tale il piccolo mondo caduto improvvisamente in mia giurisdizione.

Era probabilmente il mondo della gente dei campi di tutti i tempi e di tutti i paesi, non peggiore né migliore, ma io venivo a conoscerlo a un tratto, e ne ero turbata.

Attraverso alla pittoresca cordialità della forma, a una certa patriarcale dignità, alla sua ostentata ignoranza, mi pareva di indovinarlo freddo a un tempo e violento; più astuto che intelligente, ma nell'astuzia acutissimo; diffidente, avido, simulatore; capace, se era in giuoco il suo interesse, di crudeltà insospettate, ma anche di ragionamento assai superiore alla forza degli istinti; ed avevo l'oscura sensazione di trovarmi debole e disarmata di fronte ad esso.

Capitando in mezzo a tutte quelle guerre, guerriglie, invidie, rivalità, avevo intanto incominciato immediatamente coll'ingannarmi: mi ero creduta tra fazioni inconciliabili.

L'esperienza di poche settimane era bastata a rivelarmi che quando si trattava di dire una falsità a me, o di nascondere un abuso, o anche semplicemente di difendersi dal più lieve pericolo, i rancori, le invidie sparivano, e, come in certe combinazioni chimiche sensazionali, gli elementi disgregati e in contrasto istantaneamente si fondevano, si coalizzavano. Allora mi trovavo di fronte una massa compatta, una specie di muraglia della China a scopo offensivo e difensivo: la classe contro la classe.

Cessato il pericolo, riprincipiavano a spiarsi, a invidiarsi, ad odiarsi.

Verso me i dipendenti mostravano grande deferenza: mi conoscevano poco, credo che segretamente mi studiassero.

Quando s'era sparsa la voce, come non so, che quell'inverno mi sarei trattenuta alla Marzòla, quale pattuglia avanzata d'ispezione, erano venute le donne.

E veramente la prima visita che avevo ricevuto era stata molto carina: era venuta la nuova sposa del più giovane dei Parolini, una biondina ch'io non conoscevo ancora, sposa da venti giorni appena, timida, vestita da festa, di nero, in lungo, senza grembiale, un po' alla foggia cittadina.

Mi aveva teso la mano, lei per prima, tutta rossa, e mi aveva detto:

- La azeto par parona.

Era la formula di rito del cerimoniale contadino in uso da secoli e immutabile; ed era stata una cosa a sé, come un saluto, come un «bene arrivata», che m'aveva fatto piacere.

Subito dopo, erano incominciate le vere e proprie visite diplomatiche.

Alla spicciolata, con un paniere infilato nel braccio quasi passassero di là a caso, ma seguendo la gerarchia, erano capitate prima la Battagina, la Lazzarina, la Capuzza, la Merla, ch'eran le mogli dei fittavoli più importanti; poi le altre minori in blocco, - già informate ma ancora dubitose, - per manifestarmi la loro gioia «se era proprio vero» che mi fermavo lassù.

Sì, era vero, era proprio vero.

- Beata Santa! La fa proprio ben. La fa proprio ben. Pecà che la vedarà dei ani brutti.

- Pezo de cussì...

- La vedarà dela gran miseria...

- Ela, che no xe usa...

Ch'io restassi davvero, avevano stentato a crederlo per un bel pezzo. Poi avevano pensato, - io lo capivo benissimo, - che mi sarei presto stancata, che avrei abbandonato l'impresa.

Figurarsi: la Signora!...

Ma il tempo passava, e non il più piccolo segno di ritirata all'orizzonte...

Allora sentii convergere su di me, e aumentare di giorno in giorno, e avvilupparmi, e quasi soffocarmi, un interesse intenso, in allarme; mi sentii osservata da vicino e da lontano, mi sentii spiata in tutte le mie mosse con quella vigilanza accanita, concentrata e quasi cupa, di chi dipende totalmente dalla volontà di un altro, e vorrebbe trivellargli l'anima per veder che c'è dentro, e se gliene verrà bene o male.

I miei «sconfinamenti», soprattutto, erano fonte di timore e di perplessità. Che cosa faceva la Signora così spesso in giro per la campagna, come un fattore, come un gastaldo, anzi peggio di un gastaldo? Che cosa guardava? Che cosa studiava? Che cosa vedeva?... Che avesse in mente di fare delle «novità»?... Ora andava da una parte, ora dall'altra... Una volta, dal parco non usciva mai...

Credo che in quel periodo perfino gli alberi, i sassi, avessero occhi e orecchi, ma credo anche che il muto fosse tacitamente incaricato di sorvegliarmi.

Se i coloni avessero saputo indovinare il mio pensiero, si sarebbero rassicurati. In quei primi tempi io passeggiavo senza meta e senza scopo, come chi è triste e cammina per ingannare la sua malinconia... Non volevo con me neanche i miei cani... A me la campagna piace anche d'inverno, anzi forse più che nelle altre stagioni: sento in essa qualche cosa di chiuso, di addormentato, non però di sofferente, che mi riposa. Bello il bosco anche quando è spoglio, tutto dello stesso colore marrone chiaro; si cammina sulle foglie secche, un uccello si alza di tanto in tanto dal suolo... Dalla collina si vede così lontano, la terra denudata rivela castamente la grazia del suo disegno, la fantasia delle sue ondulazioni... Il torrente corre rapido fra le rive brulle e ha una voce diversa dalla voce estiva...

Io guardavo tutto e nulla, mi soffermavo dinnanzi a un albero, a un fosso, costeggiavo i campi arati... E se era vero che negli ultimi anni raramente ero uscita dal parco a passeggiare, quante volte, - in un tempo che mi pareva insieme presente e lontanissimo, - tenendo per mano colui che era allora un bambino, mi ero spinta laggiù, dove tornavo oggi guidata da un segreto sentimento!

Con lui, allora, mi ero soffermata a osservare il via vai di certe formiche rosse lungo la scabra scorza di quel gelso; con lui avevo saltato quel fosso; dietro a lui, fingendo di rincorrerlo e di non riuscire a raggiungerlo, avevo costeggiato i bruni campi arati...

Anche oggi... Passavo... Ma oggi... chi sa?... l'albero, le formiche, il fosso, i campi arati, forse li guardavo, ma non li vedevo neppure... Mi abbandonavo ai miei pensieri, mi credevo sola nella solitudine...

Ad un tratto sentivo come un urto, un disagio: di tra i filari di viti, o dal fitto di una siepe, due occhi ardenti mi fissavano.

Era lui, il muto. Me ne accorgevo soltanto quando m'era a due passi, tanto stava immoto, come fosse morto; si confondeva coi solchi, era del colore dei tronchi d'albero, pareva un'ondulazione del terreno... - Toto! - chiamavo; ed egli sorgeva all'improvviso, e fuggiva come il vento attraverso i campi.
Quegli incontri mi spiacevano, mi amareggiavano la passeggiata; poi, avevo finito per abituarmici.

Invece di mostrare a Toto la mia disapprovazione, gli tendevo in silenzio la mano chiusa con dentro qualche cosa, - un soldo, una caramella, - come si fa coi cani perché si avvicinino senza sospetto; un giorno gli avevo portato a regalare una vecchia bagolina dal pomo d'avorio.

Mai avevo visto su volto umano espressione di felicità così grande. Da allora eravamo diventati amici; egli non si rimpiattava più qua e là per spiare il mio passaggio; lo incontravo, sì, quasi ogni giorno sul mio cammino, ma mi correva incontro apertamente, saltellando tutto storto, agitando la bagolina, ed emettendo dei suoni rauchi che volevano essere parole di gioia.

Quegli incontri, che sul principio mi avevano turbato e spiaciuto, erano diventati quasi il momento meno penoso della giornata.

S'iniziava per me un periodo durissimo: avevo tracciato un programma, e incominciavo a svolgerlo.

Era inutile ormai che i coloni mi facessero spiare: le peregrinazioni senza meta erano finite; il mio pensiero ora si era fatto ben chiaro: avrei iniziato delle vere ispezioni, podere per podere, fattoria per fattoria.

Nei registri era segnata una notevole quantità di derrate che avrebbero dovuto esser già depositate all'Agenzia Centrale, ma l'Agenzia Centrale era invece una deserta spelonca. Interrogati i coloni, i più anziani, i più autorevoli, mi ero urtata nelle consuete formule.

- Noaltri no savemo. Quel che Sior Checo ga ordinà, xe sta fato.

Le derrate erano dunque ancora sparse nelle varie fattorie?

Prima che l'inverno rendesse più difficili le comunicazioni, era urgente visitare granai, cantine, stalle, porcili, alveari, bigattiere, silos, per fare un rigoroso controllo dell'attivo su cui si poteva veramente contare. E purtroppo non avevo un'anima di cui fidarmi, non potevo farmi sostituire da nessuno: dovevo rendermi conto d'ogni cosa coi miei occhi.

Ogni giorno alle otto precise ero pronta ed uscivo, - pelliccciotto, frustino e stivaloni, - fiancheggiata questa volta dai miei cani, Lu e la Fina, ch'eran felici delle mie scorribande; attraversavo la campagna gelida, immobile, brillantata sotto la brina come sotto un finissimo pulviscolo d'argento, - che silenzio intorno!, - e dove non arrivavo a piedi arrivavo a cavallo, montando Sise, un cavallino roano dalle gambe pelose, che correva a rompicollo giù per le cavedagne.

Quando le nottate eran fredde, i solchi profondi scavati dal passaggio dei carri pesanti doventavan duri e taglienti come muriccioli di ghiaccio; se faceva scirocco, si tramutavano in un mollume dove si affondava e si scivolava maledettamente.

Per fortuna Sise era giovane e animoso, e con due salti, inarcando il collo, presto si cavava fuori dal ghiaccio o dal fango, e fumante sudore, entrava come una freccia nei cortili delle case coloniche.

Qui i bambini piccoli sbucavano dalle stalle con grande rumore di zoccoletti e mi correvano incontro festosamente; certi cani villani che si chiamavano Reno o Tell, accorrevano pure saltellando e scodinzolando con goffe mosse intorno a noi; l'altra gente rimaneva fredda, in disparte, col muso lungo, non parlando se non era interrogata.

Anche quelli che avevano la coscienza pulita, o quasi, collegando il fatto degli imbrogli del fattore colla mia insolita presenza, mi vedevano con sospetto e con contrarietà quasi esercitassi un sopruso, e in fondo, - malsicuri di non aver nulla da rimproverarsi, - avevano paura di me, e mi avrebbero volentieri sfuggita, come chi, pur non avendo rubato, all'apparir dei gendarmi scappa sotto il letto.

Io ne soffrivo: avrei voluto dire alla mia gente: - Perché invece non mi aiutate? Perché non mi volete bene?

Ma sentivo oscuramente che questo era un linguaggio ch'essi non avrebbero capito. Più, forse, si sarebbero accostati alla comprensione se avessi loro chiesto: - Di che temete, e perché?

Ma non mi sarei incontrata in una muraglia di diffidenza che avrebbe approfondito la distanza fra noi, anziché diminuirla?

Un'unica ispezione spesso non bastando a rendermi edotta di tutto quello che volevo sapere, avveniva che nella stessa fattoria dovessi tornare per due o tre giorni di seguito.

Il primo giorno, capitando all'improvviso, trovavo la famiglia quasi al completo; il secondo, il terzo, trovavo un deserto. Usciva fuori sotto il portico la massaia con un sorriso ingenuo.

- Dove sono gli uomini?

- Tutti per i campi.

- A far che?

- A far legna; a «tirar su» le siepi...

- Anche tuo marito?

- È andato al paese a cavarsi un dente.

E le chiavi della cantina, del granaio, lei non le aveva, naturalmente.

Questo ingenuo e poco riguardoso ostruzionismo era riuscito per una volta o due alla perfezione, ed io avevo fatto le viste di non accorgermene; poi, avevo dato semplicemente ordine di essere aspettata, ed ero stata obbedita.

Grave debolezza, ed elemento di insuccesso, nelle cose d'ordine pratico, (e forse anche non pratico), possedere un'acuta sensibilità; ed io inciampavo in quest'ostacolo ad ogni passo...

Tracciare un programma e svolgerlo, - direi quasi virilmente, - con metodo, con energia, con severità, mi era stato possibile, ma la mia natura femminile si vendicava del sopruso e reagiva soffrendo, soffrendo assurdamente, in modo ridicolo, dei risultati stessi che dal mio programma scaturivano.

Sì, avevo l'aspetto risoluto e marziale, ed ero munita di frustino e stivaloni, ma delle magagne dei miei dipendenti, quando mi avveniva di scoprirne, arrossivo e mi sentivo umiliata assai più dei veri colpevoli. Essi non soffrivano, avevano soltanto paura...

E se è sempre cosa ben triste assistere allo spettacolo della slealtà, della bassezza umana, doppiamente triste era dover cercare, dover quasi provocare questo spettacolo, e trovarmelo, ahimè, con grande facilità dinnanzi agli occhi.

Poi... - che cosa strana e stolta! - colle mie ispezioni avevo piena coscienza di compiere un dovere e di esercitare un diritto, ma in pari tempo di alienarmi con questo, e precisamente per questo, l'animo della mia gente, e di scendere di un gradino nella sua considerazione. E se ciò mi dava pena, non mi sembrava tuttavia completamente ingiusto.

Contraddizione in termini: io stessa mi detestavo, ed avevo il torto di vedermi e di giudicarmi con spietato spirito critico. Il mattino, prima di uscire, guardandomi di sfuggita nello specchio, mi pareva che perfino il mio fisico riflettesse la grettezza, l'antipatia, del compito che andavo svolgendo, e di somigliare all'Agente delle tasse, intravisto una volta di lontano, che aveva la bocca senza labbra, fenduta fino agli orecchi, la bocca prensile del pesce grosso che divora i pesci piccini...

...Il vento del Canal di Brenta aveva disseccato e quasi bruciato la mia faccia; in testa avevo un berretto di pelo; alle mani, grossi guanti da uomo. Mi fossero spuntati all'improvviso due lunghi baffi, non ne sarei rimasta sorpresa. Ormai non ero più «la Signora»: ero «la siora», anzi, «la siorata», che misura col passo le sue pertiche di terreno, e stando colle mani in fianco sul limitare del campo novera i covoni di frumento...

Ah, ora mi rendevo conto dell'utilità di un fattore!... Un fattore è utile per questo, ché difende dai contatti diretti, fa da cuscinetto, le parti ingrate, noiose, le fa lui: il padrone conserva, colla lontananza, un po' di prestigio, direi di... poesia.

Prendere un altro fattore?... No, no, malgrado tutto, a questa soluzione non sarei venuta mai più.

I mezzi stessi per farlo, del resto, chi sa se ora ci sarebbero stati? E mio marito non mi aveva detto più volte che le rubagioni dei fattori erano tradizionali in famiglia, e, a guisa di ricorsi storici, si erano frequentemente avverate?

Insistere nel sistema, sarebbe stata ingenuità grave; ed inoltre i tempi nuovi, ed una nuova concezione del proprio dovere, suggerivano ai proprietari terrieri di accostare direttamente la gente dei campi, di cercar di conoscerla, di farsi conoscere; in una parola, di tentare di colmar le distanze con calda simpatia umana.

- Andando verso i miei coloni, io non posso portar loro che del bene, - mi dicevo. - Secoli di lontananza sono fra loro e noi... Non siamo assolutamente dello stesso tempo: oggi essi assistono, sì, alle conferenze d'agricoltura, ma sulle ferite mettono ancora la ragnatela... E poi l'utilità dell'esempio, della sincerità, della lealtà, ecc. ecc...

Ahimè queste erano romantiche considerazioni colle quali tentavo invano di mascherare a me stessa lo scopo prettamente materiale delle mie visite: in realtà io vi ero determinata, non dall'ideale del missionario, ma dalla necessità di metter ordine in una situazione, e benché animata dal proposito di non nuocere a nessuno, ero accolta dai coloni coll'animo con cui avrebbero accolto un birro capitato in mezzo a loro per ammanettarli.

Che stanchezza!... Nelle mie ispezioni portavo meco un calepino, e prendevo degli appunti...

Indicibile era il disordine dei registri, e quegli appunti dovevano aiutarmi a capire, a confrontare il capitale veramente esistente col capitale, - non osavo ancora pensare: inesistente, ma pensavo già: ipotetico, - segnato sulle pagine dalla rozza mano del defunto Sior Checo.

Che non fosse un letterato, quel pover'uomo, non era una novità; ma aveva messo giù parole e cifre che addirittura non si leggevano...

E finché prendevo qualche nota, in piedi, appoggiata al fondo d'una botte, o sulla sponda d'un carro, voltandomi a un tratto, scoprivo su me gli sguardi dei coloni, apparentemente intenti alle consuete faccende, che mi trafiggevano come spade.

Mi colpivano soprattutto gli occhi dei vecchi: occhi pallidi, opachi, che abitualmente apparivano quasi spenti, senza espressione; e all'improvviso si rivelavano carichi ancora di tanta vita, di tanta elettricità: occhi che si attaccavano su me come succhielli, e, all'incontrare il mio sguardo, istantaneamente mi sfuggivano.

Era giunto intanto il giorno di San Martino, il gran giorno nel quale il contadino veneto che si rispetta tiene «a comparire», come egli dice, col suo padrone; e càpita, col suo tabarro a ruota, con due capponi grassi in mano, o con un cestino di mele del Canadà, da aggiungere come «onoranza» al denaro del fitto.

Non mi facevo illusioni. Eravamo nel cuore della crisi agraria, delle annate del gelo, della grandine, della siccità: tutti i coloni erano in debito di tutto, o parte, del canone di fitto delle ultime annate.

Tuttavia, questa non era stata un'annata proprio pessima, il frumento e l'uva anzi erano andati proprio benino: i coloni sarebbero venuti almeno con gli acconti.

Per la prima volta in vita mia stavo per compiere l'ingrato ufficio di riscuotere direttamente del denaro da gente più povera di me, e questo mi dava un senso di disagio, misto, lo confesso, all'impazienza e alla speranza di diminuire il passivo con qualche riscossione un po' notevole.

Era una giornata chiara, asciutta, con un cielo limpidissimo; una vera giornata da estate di San Martino. Nello studio il caminetto era acceso, ma io avevo spalancato le finestre, e un'aria pura e quasi tiepida entrava, come di primavera. Sul prato, intorno alle magnolie, la Fina correva in tondo con uno stecco in bocca rincorsa dai suoi cuccioli: uno di essi, il più piccolo e goffo, andava a finire di tanto in tanto pancia all'aria: quanto era buffo!... Il vecchio Lu dormiva pigramente al sole sulla gradinata. Peccato dover star sepolta in casa in una giornata così bella!...

Io attendevo seduta al grande scrittoio ch'era stato di mio suocero, di mia suocera, di mio marito; avevo dinanzi a me i contratti, e li scorrevo per rinfrescarmi la memoria.

... Battagin, Parolin, Lazzarin, Merlo, Capuzzo, Padovan...

Già... Era scritto: «Sarà in facoltà del proprietario di scindere immediatamente il presente contratto ove il Locatore manchi a una sola delle clausole sopra elencate, e particolarmente a quella del puntuale pagamento...».

Nello studio non c'era nulla di donnesco, tranne un mazzo dei primi calicantus, smorti e profumati, di quella pianta addossata alla serra che dava i fiori un mese innanzi alle altre, e un registrino lungo e stretto, rilegato in carta di Varese a fiorellini gialli, col quale avevo sostituito i lugubri e massicci registri maschili.

Inaugurato in un giorno di buon umore, vi avevo scritto sulla prima pagina a grossi caratteri:

Povertate, via sicura,
non ha lite né rancura,

de' latron non ha paura
né di nulla tempestate.

....

Povertate è nulla avere
e nulla cosa poi volere;
ed omne cosa possedere
en spirito de libertade.

Anche una cassettina c'era, di femminile, bassa, rettangolare, laccata in verde; dove avevo riunito le carte, i contratti, le chiavi più importanti, e che mi seguiva dappertutto, ed era denominata «la scatola verde».

Tutto il resto era severo, direi quasi freddo: alti scaffali di quercia dove si allineavano, ben rilegati, innumerevoli trattati di agricoltura; due massicci tavoli ingombri di mappe, registri, compassi, squadre; un grosso mappamondo in un angolo, su di un asse girevole; poche poltrone di cuoio: uno studio da uomo, anzi da signore di campagna.

...Battagin, Parolin, Merlo, Capuzzo, Padovan... Affittanze... Mezzadrie...

Le ore passavano. Nessun colono si presentava. Nessuno si presentava neppur a scusarsi di non poter «comparire».

In anticamera l'orologio a cucù, cimelio di tempi meno nervosi, aveva battuto e ribattuto le due; le tre; le quattro; e batteva anche i quarti, le mezze, i tre quarti.

Nessuno.

...«Sarà in facoltà del proprietario scindere immediatamente il presente contratto...».

Bella consolazione.

Balzai in piedi con un brivido di freddo. Il sole se n'era andato da lungo tempo, e non me n'ero accorta... Chiusi la finestra, gettai un pezzo di legna nel caminetto, mi raggomitolai nella poltrona più vicina al fuoco.

Era quasi sera quando mi fu annunciata la Martina, una donna che non era neppure considerata fra i coloni, ché aveva un casolare senza terra fuori della Marzòla, a due o tre chilometri da noi, al di là del torrente: una catapecchia che si doveva demolire da anni, e non si demoliva mai per pietà dell'inquilina.

Questa Martina io non l'avevo mai vista; bensì rammentavo di averne udito fuggevolmente parlare sorridendo da mio suocero come dell'unica cocotte del villaggio.

Pareva che in quel suo casolare romito, in tempo di guerra, e anche adesso...

Sior Checo anzi me ne aveva accennato di recente, esprimendo la necessità di sfrattare la donna per i cattivi costumi. L'attendevo perciò con una certa curiosità.

Mi vidi venire innanzi esitando una vecchia magra e nera, con un fazzoletto legato sotto il mento, le gonne fino ai piedi, e una bocca tutta rientrata, certo mancante di parecchi denti. Aveva gli occhi chiari, e un ventre a punta che non si capiva come e perché fosse spuntato e prosperasse in quella nera secchezza.

- Son la Martina...

Aveva frugato nella lunga tasca sotto la gonna, e con una mano che sembrava un rastrello mi aveva teso un cartoccetto bisunto: diciassette lire, quasi tutte in monetine di nichel.

- No go podesto de più...

Gliele avevo restituite arrossendo: - No no, Martina, non importa.

Ma quella voleva lasciarmele a tutti i costi, e me le cacciava in mano a forza, e pareva desse al mio rifiuto un significato di cattivo augurio che la rendeva ansiosa. Infine si mise a piangere dirottamente. E fra le lagrime udivo che diceva:

- Par l'amor de Dio... Xe quarantani che ghe stago... No la farà miga dele novità... I me vol mal... Mi go sempre pagà... Mi lavoro, mi fazo la lavandèra...

Capii allora che temeva io la cacciassi dal casolare.

La rassicurai, le promisi che «novità» non ne avrei certamente fatte, la convinsi a rimettersi in tasca le sue diciassette lire.

Se n'era andata baciandomi la mano, ridendo e piangendo, benedicendomi.

- Che Dio ghe daga del ben, benedeta, benedeta!

Ma non avevamo dato ordine, fin dai tempi dei tempi, che a Martina non fosse fatto pagar nulla?... Possibile che il fattore si fosse profittato anche delle poche lire di quella disgraziata?...

Il cuore mi doleva; quanto, quanto ero stanca!...

Da oltre una settimana non vedevo anima viva, voglio dire dei nostri, delle mie conoscenze; i pochi amici, i villeggianti delle ville relativamente vicine erano esulati in città prima del consueto per l'apertura delle scuole. Uno soltanto rimaneva, e dalla terrazza potevo scorgere i tetti della sua casa, chiamata romanticamente L'Eremo... E in un romanzo l'abitatore dell'Eremo sarebbe divenuto senza dubbio un essere misterioso, affascinante, innamorato della solinga castellana, a cui avrebbe fatto da lungi delle segnalazioni poetiche e incomprensibili ch'ella avrebbe accolto palpitando. Nella realtà, era semplicemente un bravo signore grasso, con due pappagorgie, e l'occhio sinistro che spesso lacrimava: mi faceva una cerimoniosa visita una volta all'anno, e in tale occasione mi portava a regalare un panierino d'uva moscata.

Nessuna distrazione adunque: ero sola, e, quel che più conta, mi sentivo sola, infinitamente sola e lontana da tutti.

Nel corso di parecchi giorni avevo scambiato sì e no cento parole, coi domestici per il servizio, e coi coloni per vacche porcelli botti di vino, e quasi mi rammaricavo di non aver trattenuta la Martina, di non averla fatta parlare, - ah, non della sua vita amorosa che doveva essere, o un'invenzione, o cosa d'infinita tristezza!, - ma di qualsiasi scemenza che servisse a distrarmi, ad alleggerire il peso che mi gravava sul cuore. Perché non l'avevo trattenuta?... Forse il suo alito grave d'acquavite...

Ma la Martina almeno non mi avrebbe aggredito col narrarmi che la fillossera aveva incenerito i vigneti, che il contagio decimava il bestiame, che i vermi distruggevano gli orti, che i ladri avevano svaligiato i pollai: Martina per fortuna non aveva terra, non aveva bestiame, non possedeva nulla: lei beata!

Appoggiai la testa sullo scrittoio, sul braccio ripiegato, e rimasi là non so quanto...

L'orologio a cucù batté le cinque ore, le ribatté.

Allora, la temperatura sembrandomi ancora possibile, perduta la speranza di veder capitare qualcuno, mi gettai sulle spalle un mantello, ed uscii a passeggiare sotto «i grandi alberi»; mi avventurai anche sulla strada.

Nessuno: come se un ciclone avesse disperso tutti gli esseri umani; come se una pestilenza li avesse distrutti.

E non un uccello per l'aria; non lo stridere d'un insetto; non alito di vento: l'immobilità e il silenzio assoluti davano alla campagna un senso, non di quiete, ma di sconsolata assenza di vita, quale mi era avvenuto raramente di sentire in mezzo alla natura.

Un'altra giornata che finiva!...

L'indomani mi avvenne di passare per il cortile dei Titotto sul mezzodì.

I coloni sapevano che a quell'ora io non entravo mai nelle loro case, per delicatezza forse eccessiva, per non dar loro l'impressione di essere controllati nel loro tenore di vita.

Ma quel giorno mi si staccò la fibbia dalla cintura, e senza pensarci due volte, saltai nell'andito della casa e chiamai: - Giuditta! - E nel far questo, gettando involontariamente lo sguardo attraverso ai vetri della cucina, alla luce d'un bel fuoco alto di fascine, intravidi sulla spianatoia una distesa di tagliatelle già pronte, larghe, gialle, che facevano allegria.

- Giuditta!
L'uscio della cucina era chiuso, e non entrai. La mia voce rimase un attimo senza risposta, poi udii come un tramestio, un rumore precipitoso e insieme cauto di sportelli sbattuti, di cassetti aperti e richiusi, e infine la porta si spalancò di colpo, e la massaia si affacciò, tutta sorridente e complimentosa:

- La vegna dentro, la vegna dentro, Signora! La se senta co noaltri almanco un momentin! La ga sempre pressa...

Le tagliatelle erano scomparse. Qualcuna era caduta per terra. Un po' di farina incipriava le mattonelle, e il gatto era saltato giù da una sedia per annusarla.

Un'ondata di rossore mi imporporò la faccia; sulle labbra mi tremavano le parole:

- Perché le hai nascoste?

E invece dissi, con calma assoluta:

- Hai ago e filo, Giuditta?

Quel giorno stesso, da Ginevra, Alberta mi annunciava il suo prossimo arrivo. E nella lettera aveva accluso un foglietto dove stava scritto:

«Ella si cinge i lombi di forza e fortifica le sue braccia. Ella considera un campo, e l'acquista; ella pianta una vigna del frutto delle sue mani».

Alberta sapeva vagamente ch'io ero in campagna per sistemare «qualche cosa». E da lontano sorrideva, coi suoi occhi allegri e un po' ironici, e mi mandava le parole di Salomone...

Nei giorni seguenti avevo fatto uno sforzo e chiamato a me i capi famiglia.

Il vecchio Battagin e le Pigozze mi avevano fatto sapere ch'erano indisposti, gli altri, temendo il peggio, si erano presentati in massa, ed erano stati ricevuti uno alla volta.

Non avevo accennato al mancato pagamento: avevo cercato di dare alle mie parole un'intonazione di benevolo interessamento.

- Quanti ettolitri di vino, quest'anno?

- Cinquanta. Prima, se ne facevano cento, centoventi. Il gelo ha fatto morire metà dei vigneti.

- Non ti pare che potresti tenere qualche oncia di più di bachi da seta? La foglia del tuo podere dovrebbe bastare.

- Per bastare basterebbe. Ma le gallette, (i bozzoli), non valgono più niente. Non c'è tornaconto.

- E il bestiame? I maiali?

- Costano...

E via di questo passo.

- Come stanno i tuoi figlioli?

- Come vuole che stiano, Signora? Si mangia male, adesso; sono sei mesi che carne non ne vedono.

Rispondevano col muso lungo, senza intonazione di sincerità anche se dicevano il vero, sospettando il tranello nelle mie più semplici domande, portando indosso, per presentarsi a me, la giacca più vecchia, più rattoppata, come un'etichetta di povertà; col pensiero fisso al denaro del fitto che dovevano darmi e non m'avevano dato.

Ma se in tutto questo c'era, sì, la tradizionale attitudine del contadino all'esagerazione, alla lamentazione, quasiché provi egli una voluttà ad apparir misero e nudo agli occhi del padrone, c'era altresì, benché attenuata nei nostri dipendenti da un passato di recente benessere, qualche cosa con cui mi trovavo faccia a faccia per la prima volta, e che non era tutta finzione: una preoccupazione, uno scontento, direi quasi uno scoramento, che mi colpivano.

Oltre al sentire intorno a me un'ostilità e un timore che profondamente mi ferivano, avevo anche l'impressione, che non era semplicemente impressione, di trovarmi in un'atmosfera di reale tristezza e di disagio.

Il contadino ha fede nella terra, aspetta tutto da lei: sa che essa gli dà, in cambio del suo lavoro, tutto quanto gli occorre per sé e per i suoi. E invece la terra lo aveva tradito; il lavoro non bastava più a farlo vivere. Questa, era una verità.

Alle porte della villa, pur così isolata e fuori mano, venivano spesso a bussare uomini giovani, dall'aspetto fra il sofferente e il prepotente: un tempo, i mendicanti di quel genere si guardavano con poca simpatia e, nove volte su dieci, si scacciavano; ora, completamente giustificati dalla disoccupazione, facevano più pietà dei vecchi e, come si dice qui, dei despossenti.

E ancora: un tempo, i mendicanti di quel genere il pane non lo volevano, esigevano denaro; ora, chiedevano apertamente pane.

Di fronte a queste miserie e ad altre che avevo avuto campo di constatare, più tristi e più crudeli ancora, perché colpivano i bambini, il nostro dissesto appariva quasi un'ironia.

Ed impresa disperata appariva, date le condizioni generali, il porvi riparo.

Sì, dapprincipio m'ero illusa, mercé un programma di saggie economie, di poter sanare, colle rendite, almeno le falle più urgenti, ma dov'erano le rendite?... C'erano dei crediti, è vero, ma era umano e possibile reclamarli?... Ed era umano e possibile rimanere sordi e ciechi dinnanzi alla fame, al freddo, alla malattia? Bisognava, dare non chiedere.

In questi frangenti l'unica risoluzione da prendere, e che avevo preso immediatamente, era stata di abolire tutto il superfluo dalle mie abitudini, di modificare il tono di vita; in una parola, di adattarmi a vivere poveramente in una casa ricca.

Chiusa la villa per tre quarti e ritiratami in poche stanze, la macchina non l'adoperavo quasi più, avevo indosso i vecchi tabarri, in testa le vecchie casseruole degli scorsi anni; avevo rinunciato anche alle ordinazioni di libri, di musica, alle belle riviste italiane e straniere: nella casa grande e simpatica, ma lontana dalle comunicazioni e bisognosa di servitù bene organizzata e numerosa, Bettina e Marco, due ragazzi nati e cresciuti sotto di noi alla Marzòla, disimpegnavano tutto il servizio.
Bettina aveva vent'anni e due neri tondi occhi da uccelletto in un viso come antico, senza ombre, stretto fra due bande di capelli fini fini, raccolti sulla nuca in una piccola crocchia. Era con me già da un anno, ed essendo venuta anche in città, aveva cominciato a sgrezzarsi alquanto; si muoveva gentilmente; io l'avevo fatta vestire, non già di nero, ma a quadretti bianchi e rosa.

Marco invece era ancora un selvaggio che entrava nei salotti come un puledro nella stalla e si soffiava il naso col rumore d'una tromba. Un giorno Bettina, evoluta, gli aveva fatto mettere i guanti per servire a tavola, ma egli teneva le mani colle dita larghe e dure, come i bambini, e si lasciava sfuggire piatti e posate, ed aveva l'aria così desolata, che per pietà glieli avevo fatti subito togliere. Lo facevo istruire come «autista»; e poiché in questo riusciva benino, al volante si dava importanza, parlava italiano, e, quando doveva far marcia indietro, diceva:

- Signora, gnàmo indrio culo?

Ahimè, le misure economiche che avevo adottato, quelle mie rinuncie, alcune delle quali molto pesanti, a tutto ciò che è il sale della vita, erano ben poca cosa, atte soltanto a permettermi di fare un po' di carità e ad impedire che il nostro dissesto aumentasse, non già a sanarlo...

Di fronte ad impegni piuttosto forti, che cosa rappresentava quel mio povero risparmio nelle spese di casa, quell'economia di qualche vestito, di un po' di benzina, quel mio invariabile menu per cui ogni giorno sapevo già, prima di dare gli ordini, che cosa avrei ordinato? E Bettina anche lo sapeva, glielo leggevo negli occhi...

- Oggi un pollo, Bettina, o delle uova, che mi piacciono tanto.

Mi piacevano tanto perché non bisognava comperarle; e c'era in prospettiva che mi piacessero sempre di più.

Il bilancio dell'attivo e del passivo non era ancora ultimato, ma ormai ero riuscita a formarmi un'idea del complesso della situazione, ed anche del come era venuta maturando. Due anni soli erano bastati: i due ultimi; prima tutta la contabilità appariva in perfetto ordine.

All'inizio di quei due anni, sull'amministrazione era passato come un vento di follia... Pagamenti registrati e non effettuati, attivo che non risultava; riserve che si erano sciolte come neve al sole; passività che si erano aggravate di giorno in giorno, come una lebbra, come un mostruoso tumore...

Per puro miracolo da quel disordine non eravamo stati travolti in pieno, ché il fattore, fin dai tempi di mio marito, aveva la procura generale: la morte lo aveva fermato in tempo.
Ma era lui il responsabile, e il solo responsabile? La gente che mi stava intorno, era migliore o peggiore?...

Per infinita bontà di Dio, il dissesto risultava per noi ancora sanabile: tuttavia abbastanza grave, perché in me a poco a poco si fosse insinuato il dubbio che non soltanto oggi, ma neanche domani, neanche fra cinque o dieci anni, seppure le condizioni generali fossero mutate, le rendite sarebbero bastate a sanarlo, e bisognava preparare l'animo a un sacrificio. Quale?...
Dalla città era venuto il notaio, e si era seduto nello studio, nella solita poltrona accanto alla finestra, e fra noi due stava il tavolinetto col vassoio del caffè.

Era un uomo anziano, piuttosto grasso, coi capelli bianchi. L'avevo veduto a quel posto, e forse a quell'ora, ogni volta che in casa era entrata la morte.

Aveva ascoltato attentamente quanto gli avevo esposto, dato un'occhiata al riassunto scritto che gli avevo presentato, felicitandomi dell'ordine e della chiarezza con cui era redatto. Poi aveva disteso le braccia sui braccioli della poltrona, chiuso completamente gli occhi, e aveva detto:

- Cara signora, lei stessa riconosce che le rendite in questo momento non si possono esigere. È un male generale. Passerà. C'è chi sta peggio di noi. Ma lei deve frattanto pagare degli interessi gravosi sulle passività, e deve nel contempo vivere. Riserve non ve ne sono. Lasciando gli interessi accumularsi al capitale, cioè non pagandoli, si arrischia, - e in breve tempo, - di perdere tutto, letteralmente tutto. Ha capito, cara signora?

E come io tacevo, riaperse gli occhietti grigi, pungenti, e mi fissò:

- Amputare, - disse, - non c'è altro: amputare quello che non si può salvare.

E richiuse gli occhi.

- Amputare, - ripeté dopo un attimo, e nel pronunciare questa parola quasi con voluttà, spalancava la bocca tutta grande e poi la serrava in modo strano stringendo le labbra ed aspirando l'aria con leggero sibilo.

- Amputare... Uhsssss! Uhsssss!

Ed io, indifferente, stolta, invece di pensare a quel che mi diceva, all'orribile senso di quello che mi diceva, mi misi a contare i bottoni del paltò lungo e stretto che non si era tolto, e a osservare la forma dei suoi orecchi, e sulla cima del destro c'era un gelone.

Divagavo:
- Chi sa perché i notai hanno quei paltò lunghi e stretti e abbottonati?

Mi giungevano frattanto all'orecchio, pronunciate da una voce monotona, parole e brani di frase:

- ...Due residenze, città e campagna, ai tempi che corrono... Sproporzionate al patrimonio... La villa, il parco... notevolmente passivi... Compatibili come residenza unica, fissa... ma la Signora non ci sta e, si capisce!, non ci può stare, che pochi mesi dell'anno, e il suo signor figlio non ci sta mai... Giudizioso..., a parer mio, conservare parte delle terre... le migliori, le veramente redditizie... Alienare il peggio, i boschi, per esempio e la villa col parco... Difficile... uhss!... ma data la particolare ubicazione... uhss! uhss!... isolatissima ed elevata... forse come Convalescenziario, Colonia alpina, o Sanatorio... cedendo a qualche ente... So che c'erano delle ricerche... uhss! Un discreto prezzo, forse... Benché i tempi sian tristi, molto tristi... uhss!

Quando finalmente, verso sera, egli se ne andò, rimasi a lungo come trasognata, senza pensar nulla. Poi mi misi a piangere pian piano nel buio, e non mi scossi finché Bettina non venne ad avvertirmi che la cena era pronta.

...«Amputare»...

Ah, la Marzòla no, non era possibile neppure pensarci!... La cara, dolce Marzòla, dove avevo passato la giovinezza, dove era nato mio figlio, dove ogni pietra, ogni zolla, rappresentavano un ricordo, parlavano al mio cuore...

Nell'oratorio accanto alla villa, stavano sepolti molti dei nostri: l'ultimo, mio marito, vi era disceso da pochi anni... E la mia bimbetta, che aveva appena aperto gli occhi alla luce, quella che avevo tanto desiderato e tanto pianto, era là anch'essa... Piccola mia!... Ah, non si poteva, non si poteva, cedere ad estranei l'essenza stessa della nostra vita!

«Amputare»... Che cosa? Oltre alla Marzòla, noi non possedevamo che alcuni, insufficienti, valori industriali, e la casa di città.

La casa di città... Essa rappresentava la mia dote: tutto quel poco che possedevo di esclusivamente mio, ed a ciò non pensavo; pensavo piuttosto che privarmene avrebbe significato sconvolgere, rompere repentinamente consuetudini di vita, amicizie; rinunciare a un ambiente caro, ciò che non è mai senza importanza, ma che può divenire secondario per la donna che viva in mezzo alla sua famiglia; non per me, che abbandonando la residenza di città per ritirarmi stabilmente alla Marzòla, ne sarei divenuta la prigioniera, vi sarei rimasta desolatamente sola!

Fossimo stati una famiglia numerosa e felice, avessi avuto il mio compagno, dei bimbi piccini, una famiglia «in divenire», la soluzione della campagna avrebbe offerto anche un lato buono e simpatico, e l'avrei accolta senza un sospiro, ma così...
Io amavo la Marzòla, l'amavo forse troppo, colla tenerezza e l'attaccamento che avrei potuto avere per qualche cosa di vivo, direi di umano, riconoscendole un'anima e un sentimento che le sue vecchie pietre e la natura intorno non sarebbero bastate a significare ove il mio amore non le avesse tutte impregnate di sé, ma la conoscevo, conoscevo il suo isolamento, i suoi lunghi inverni, quando nella valle sperduta la neve incominciava a cadere, e restava, coprendo tutto, pareggiando tutto col suo mortale candore.

Potevano passare allora delle settimane senza che nessuno, neppure un mendicante, venisse a bussare alla nostra porta. Perfino i coloni, gli incorreggibili seccatori, pareva avessero dimenticato la nostra esistenza. Intorno alla villa, per un raggio di qualche chilometro, non un'orma di piede umano; solo, sulla neve intatta, la lieve impronta del passaggio delle lepri che la notte attraversavano le praterie correndo al bosco in cerca di cibo.

Quando la neve raggiungeva un'altezza rispettabile, capitavano finalmente i Battagini col traino ad aprire un varco intorno alla villa. Questo costituiva un avvenimento importante.

Era il traino un arnese molto primitivo: una specie di enorme triangolo formato da grosse assi, abbastanza efficace per lo sgombero della neve. Un bel mattino, che faceva ancora quasi scuro, si sentiva di lontano, come venisse da un altro mondo, un tintinnar di sonagliere, poi in fondo al viale, tra le due file di bianchi alberi, si vedeva avanzare lentamente la scura sagoma del traino tirato dalle due cavalle dei Battagini, attaccate l'una dietro l'altra. Quella di punta era tenuta alla briglia da un ragazzotto armato di frusta, un altro ragazzotto sedeva a gambe larghe sul dietro del traino per renderlo più pesante. L'uno e l'altro avevano la faccia paffuta e lentigginosa, e in capo un berretto di pelo.

Due o tre grossi cani rossicci correvano qua e là a destra e a manca per i prati, ora fiancheggiando il traino, ora seguendolo, ora superandolo, e parevano in grande allegria. La neve asciutta, fine come polvere, al loro passare schizzava alta in piccoli turbini. Di tratto in tratto, dove il terreno era più greve, le cavalle si arrestavano di botto sbuffando, piantate nella neve fino ai garetti, e i ragazzi allora le eccitavano con degli: - Op là! Op là! - accompagnati da forti schiocchi di frusta.

Sì, lo sapevo, sarebbe stato così. Sarei balzata dal letto, sarei corsa alla finestra, e passando rapidamente il fazzoletto sui vetri appannati, mi sarei tesa avidamente a guardare. Avrei voluto che i ragazzi, i cani, le cavalle, non se ne andassero, che quel vivace tramestio non mi abbandonasse tanto presto. Ma era invece affare d'una mezz'ora poco più, e sparivano.

Io rimanevo lungamente attaccata ai vetri benché non ci fosse più nulla da vedere... Qualche passero sperduto, intirizzito, si posava sul davanzale e, senza alcuna paura di me, saltellando beccava le briciole di biscotto che vi avevo sparso... Certi alberi avevano le rame piegate fino a terra sotto il peso della neve... Che aspetto strambo prendevano le statue!... Apollo e Diana con una mitria altissima; il Satiro, laggiù, con un cappuccio da frate...

All'orologio della torre suonavano le ore, e cadendo una ad una nell'immenso silenzio ovattato di bianco, avevano un suono sordo e velato, pareva non esprimessero un limite, una misura, una differenza qualsiasi fra le loro sorelle passate e le venienti, ma piuttosto la continuazione infinita e indifferente di un tedio mortale senza mutamento.

...Ten-ten-ten-ten...

Ricominciava a nevicare...

Ah, no!... Appena quando si è molto giovani si possono compiere, transitoriamente, simili sacrifici, e quasi non sentirli; allora quando l'animo e la fantasia sono così vivi ed accesi da colmare di sé qualsiasi deserto; quando perfino il silenzio diviene animatore di solitudini, fratello del sogno e della speranza; quando tutto si attende ancora dalla vita, e non si ha fretta, ché il tempo pare senza fine innanzi a noi, e si è certi che il fulgido domani verrà... Allora, financo la morte, modellata impetuosamente a sua immagine dalla giovinezza, ci appare come qualchecosa di ardente, di baldanzoso, di eroico o di romantico, qualchecosa infine che è ancora prepotente vita... Ma più tardi avviene il contrario: più tardi è invece la vita che porta già in sé il segno della morte... Oh, un lieve segno, un'ombra appena, di freddezza, di tedio, che incrina subdola e improvvisa le nostre ore più ricche; appena un trasalire dell'anima, qualche volta, se siamo soli, se siamo tristi; una nota falsa nella nostra risata; un brivido, se nello specchio indugiamo a fissare la nostra pallida faccia... Si increspa leggermente la superficie delle acque, e trema; tremano le alghe del fondo... poi tutto ritorna immobile.

No, non dovevo restar prigioniera della Marzòla. La Marzòla senza via di scampo, la Marzòla senza lo sbocco della casa di città, avrebbe rappresentato l'esilio, la tomba.

Certo dapprincipio gli amici si sarebbero ricordati di me, sarebbero venuti di tanto in tanto a trovarmi, o io li avrei vivacemente chiamati; ma, cogli anni, la mia voce si sarebbe fatta sempre più timida e fioca, e la loro simpatia sempre più distratta e lontana... Il silenzio e la solitudine assoluta avevano un volto che mi sgomentava. Non potevo, non dovevo privarmi della casa di città. Dove avrei passato l'inverno? Viaggiando?... E chi poteva dire che me ne sarebbero rimasti i mezzi?

E in ogni modo l'ora di preferire la mobile tenda a un rifugio fermo e sicuro, non era anch'essa trascorsa?

Bisognava riflettere, cercare, trovare meglio... La preoccupazione continua, e l'ansia di far presto, mi davano l'ambascia.
E frattanto continue cure materiali mi assillavano: i lavori per i nuovi vigneti, l'ingrandimento di certe stalle, la necessità di certi restauri... Triste cosa non avere una persona di fiducia che si occupi dei vostri affari, tragica aver avuto fiducia in qualcuno che vi ha tradito.
Le nostre abitazioni rurali erano state la cura e l'orgoglio di mio suocero, di mio marito, e avevano meritato nientemeno che la medaglia d'oro del Ministero dell'Agricoltura; ora mostravano già segni evidenti di disordine, di decadenza. Piccoli guasti non riparati; la fondamentale, inguaribile incuria del villano, che in poche settimane, se l'abitasse insorvegliato, d'una reggia farebbe un porcile; l'inconcepibile trascuratezza del fattore; ed ecco che io mi trovavo alle prese anche con questo lavoro di riassetto, faticoso, dispendioso, pieno d'incognite. Eccomi a parlamentare col capomastro, col falegname, a ordinare il materiale, a controllare il lavoro...

Chi mi consigliava? Chi mi aiutava a discernere il veramente indispensabile, dal superfluo, dall'inutile?

I coloni, morto il fattore, avevano avuto un breve periodo di perplessità quasi per stare a vedere da che parte il vento soffiava, e se io appartenevo alla categoria dei proprietari che non vogliono far nulla, o a quelli che vogliono far molto.

Visto che il vento soffiava dalla parte dell'attività, e che amavo baloccarmi a correre da ogni parte, a sprofondarmi nelle cantine, ad arrampicarmi come un gatto su per i fienili e, poco mancava, sopra a' tetti, si erano affrettati a profittarne con una sequela di richieste che, le avessi accolte tutte per buone, mi avrebbero condotta lontano.

A sentir loro, tutte le case si sarebbero dovute radere al suolo e rifare: mancava questo, mancava quello: Merlo voleva il forno; il vecchio Battagin, duro duro, veniva a denunciare severamente l'umidità nelle camere a tramontana; Parolin e Lazzarin mi chiedevano nientemeno che di elevare un muro al posto del fosso perché «i confini» fossero finalmente determinati. La più anziana delle Pigozze, detta il Cavron, una specie di omaccione in gonnella, che voleva?... In quel tempo il suo figliolo, il futuro missionario, aveva smesso di studiare per l'ammissione al Seminario, adducendo a sua scusa un terribile e continuo mal di testa. Pareva che il «mal di testa», fosse rappresentato da una sgualdrinella, detta l'americana, capitata nei paraggi da poco, colla famiglia reduce dall'Argentina: credevo che il Cavron venisse a parlarmi di questo: quant'ero ingenua! Veniva invece per chiedermi di ingrandire la stalla, e per parteciparmi che il tetto del fienile aveva parte della travatura guasta...

Era vero?... Forse: ma nessuno veniva mai a portarmi una buona notizia, ma tutti sentivano l'urgenza di correre da me per annunciarmi cose spiacevoli, per chiedermi di far delle spese, di prendere delle decisioni, spesso su argomenti dei quali ero completamente ignorante.

Una folla di visitatori, non illustri né divertenti, ma in compenso tenaci, assediava la Marzòla; e il Parlamento, costituito da me sola, sedeva e deliberava in continuità. Avessi conservato quella vena di humour che talora mi ha concesso, in mezzo alla più opprimente tristezza, di cogliere la linea caricaturale di una situazione o di un individuo, che mi ha messo certe volte la matita in mano per fissare un profilo, un atteggiamento, che mi ha concesso, in una parola, di sorridere talora, in mezzo alle lagrime, anche di me stessa, quale messe avrei avuto per il mio taccuino!

Ma ormai ero troppo stanca, e non avevo più la forza di dare lo strappo necessario, lo strappo che dava Sise per cavarsi fuori dal ghiaccio e dal fango, per liberarmi dalla più sconfortata malinconia.

Solo un giorno, dimenticando le mie disgrazie, mi trattenni a fatica dallo scoppiare in una risata. E fu quando capitò Padovan, detto Baretina, a piatire due stanze nuove perché aveva due matrimoni in casa.

- Chi si sposa? - diss'io. - I tuoi figlioli?

- Nossignora: mi, e Guerrino, me fiolo più vecio.

- Anche tu?!!

Il mio interlocutore era più vicino ai settanta che ai sessanta, sordo come una campana e senza denti: doveva il soprannome di Baretina alla completa calvizie, per celar la quale portava perennemente una specie di calottella aderente alla testa, con cui era ammesso anche al mio cospetto.

Ma quel giorno... che aveva fatto?... Colla camicia di bucato, con tutti i suoi trentadue denti nuovi di zecca, aveva sostituito l'infamante baretina con un cappelletto tondo nero piatto come un vassoio, coi bordi piccoli rilevati pari pari tutto all'ingiro... Era improvvisamente rimbellito e ringiovanito.

- Mi so' vedovo - disse con dignità.

E mi raccontò che si riammogliava unicamente per compiacere la defunta consorte, che, ogni notte, veniva a tirargli le gambe e a supplicarlo:

- Marìdete, marìdete: famme sto piazer a mi, Toni, marìdete!

Faticosa come quella di un operaio era la mia giornata, e a sera, quando ero finalmente sicura d'esser lasciata in pace, mi rimaneva appena la forza di spalancar le finestre dello studio, ché entrasse l'aria pura... o, prima che lo facessi io, lo faceva Bettina, filando diritta come una freccia verso le imposte non appena uscito l'ultimo contadino, il che, da parte sua, mi è sempre apparso cosa straordinaria.

Io correvo a tuffare la faccia, le mani nell'acqua, a sbarazzarmi in fretta delle vesti che avevo indosso, e che mi sembravano tutte impregnate di un aspro odore, di quel mordente odore di concimaia o di serraglio, che rimaneva tenacemente nelle nari, nei capelli, e che nessun profumo riusciva a sopprimere...

Ah, ero ben lontana dallo spirito di Colui che abbracciò il lebbroso!

Per cambiar meta ai miei pensieri, prendevo un libro e cercavo di leggere, ma mi avveniva spesso di scorrere intere pagine senza afferrarne il senso, come mi avveniva di aprire la bocca per dare un ordine e averlo già bell'e dimenticato, o di incominciare un discorso e smarrirne il filo a metà.

Un giorno, dovendo recarmi alla fattoria dei Battagini, mi ero trovata a un tratto sperduta nel fitto del bosco, avevo sbagliato direzione, avevo camminato come un automa... Da settimane non incontravo più Toto sul mio cammino... Sulle prime non ci avevo fatto caso, pensando che il suo capriccio l'avesse condotto a vagabondare per altri luoghi. Ma una mattina, entrando a cavallo sotto il portico dei Gatto, m'era sembrato di vederlo tutto storto apparire e sparire: non ne ero però ben sicura.

Fra i Gatto e me c'era una vera freddezza, ché, proprio in quei giorni, erano stati multati gravemente «dalle Finanze» per aver nascosto una certa quantità di tabacco, ed io li avevo di ciò redarguiti con severità, e minacciati del congedo.

- Dov'è Toto? - chiesi alla massaia.

Esitazione di un attimo.

- Sa... non si fa vedere... è timido.

Ma cogliendo a volo un fuggitivo sguardo della donna, e seguendolo, dietro l'inferriata d'una finestrella avevo visto il muto minacciarmi col pugno.

Rincasavo colle spalle curve come sotto un fardello, colle mani e i piedi gelati, e, dopo ore di moto all'aria aperta, mi mettevo a tavola e non mi riusciva di cacciar giù un po' di brodo.

Per evitare la vastità del salotto da pranzo, che mi faceva malinconia, Bettina mi serviva la mia cena su di un tavolinetto, in un piccolo salottino. Fra un piatto e l'altro accendevo la sigaretta. Quanto fumavo in quelle sere, nervosamente, una sigaretta dietro l'altra!... In pochi mesi ero «diminuita», come dicono le sarte, di cinque o sei chilogrammi... Nello specchio vedevo riflettersi il mio viso, stanco, segnato, con due rughe ai lati della bocca, cogli occhi di febbricitante. Lu e la Fina immobili, l'uno da una parte l'altra dall'altra della mia seggiola, fissandomi intensamente, aspettavano la mia distratta carezza, ma non sempre mi accorgevo della loro esistenza. Oppure mi davano noia anch'essi. Gli occhi dei cani hanno un'espressione... Lu, soprattutto, che non era se non un brutto vecchio cane senza pedigree, disprezzato profondamente dalla Fina, ammesso all'onore dei salotti unicamente in virtù della mia protezione, mi guardava in un modo che pareva volesse penetrarmi nell'anima. (- Non essere triste, non essere triste, padrona mia, io ti voglio bene... - Via via, Lu; a cuccia!).

Dopo cena passavo subito nello studio, sedevo allo scrittoio...

Allora, forse nelle giornate di maggiore stanchezza, mi avveniva spesso un fatto curiosissimo: alzando a un tratto gli occhi dalle mie carte, vedevo dinnanzi a me, dove l'avevo veduto tante volte quand'era in vita, dove l'avevo veduto ogni sera, recentemente, aspettarmi per prendere ordini o riferirmi sull'eseguito, Sior Checo, il fattore morto.

... Egli era là... in piedi dinanzi al mio scrittoio... rigirando fra le mani il suo frusto cappelluccio... Grassotto e piccolotto, colla sua faccia accesa e bonaria, e quegli occhietti furbi che ispiravano la fiducia, la confidenza... Aveva indosso la sua solita giacca di fustagno, più che modesta, lisa, d'uno strano colore fra il giallo e il color terra; e certe scarpacce da contadino; e, all'orologio, una povera catenina d'argento... Emanava dalla sua persona quella speciale atmosfera di serenità che accompagna spesso le persone grasse... Possibile che per quelle mani fossero passate, e sparite, tante migliaia di lire?

Possibile?

Il cuore mi batteva forte guardandolo, ma non avevo paura. Lo fissavo in silenzio, e man mano che lo fissavo mi pareva che i suoi occhi piccoli e furbi si facessero seri, pieni di tristezza.

Bastava il rumore della seggiola smossa, il fruscio d'una carta, e spariva.

Ah, Dio mio, quasi quasi non sarebbe stato meglio ch'egli fosse ancora là?... Non sarei stata meno inquieta? non mi avrebbe egli aiutato?... Un consiglio buono, o apparentemente buono, egli l'aveva sempre avuto, e l'aveva offerto con quel tono rispettoso e pacato, da persona veramente affezionata, che conciliava la calma. Imbrogli ne aveva fatti..., non potevo ribellarmi all'evidenza..., ma chi sa che cos'era successo, negli ultimi tempi, in quella povera testa?... Rammentavo ora che negli ultimi tempi era dimagrato, aveva l'aria stranita; era incanutito di colpo, quasi da un giorno all'altro.

Ladro?... Sì, ladro forse; ma buon ladro che per anni ed anni non ci aveva fatto mancar nulla, e lasciati vivere in pace. Quale diplomatico di razza non era egli stato!... Aveva tenuto come dogma di non disturbare, di non seccare, di non giungere inopportuno: di presentarsi col sorriso sul labbro e come apportatore di buona novella, anche se veniva ad annunciare un incendio, una grandinata.

- Gnente paura, - diceva - co ghe xe la salute, ghe xe tuto.

Ed era con noi da tanti mai anni... Come quel muro, come quella colonna là, della casa; come quel deodara laggiù, del giardino, che, a cavarlo, il giardino non parrebbe più quello...

Prima bracciante; poi colono; poi capouomini; gastaldo; fattore. Esempio raro, aveva percorso tutti i gradi della gerarchia. Si era elevato da sé, colla sua intelligenza, sapendo appena appena leggere e scrivere. Mia suocera e mio marito ne facevano gran conto. E adesso toccava a me di...

Forse lui non mi sarebbe stato nemico, vedendomi così affannata; così sola...

Le idee mi si confondevano un poco nella mente: non era a lui, che si doveva il disordine, lo sfacelo dell'amministrazione? non era a lui che risaliva la responsabilità, la colpa, di quelle mie tante fatiche e inquietudini?

Ah, Dio mio, sì... Ma forse con lui, sì, - certamente anzi, - con lui avrei potuto almeno parlare di «quell'altra cosa»...

Di «quell'altra cosa», ben più grave e importante delle transitorie difficoltà finanziarie a cui avrei finito certo col porre riparo... Di «quell'altra cosa», di cui nessuno mi domandava, di cui io non parlavo con nessuno, relegata, schiacciata a forza nel fondo del mio cuore...

Egli lo conosceva, egli l'aveva veduto nascere e crescere, sapeva quanto amore, quanta speranza e quanto orgoglio, avevamo messo in lui... Anch'egli gli voleva bene, forse, di un suo rozzo bene di poveraccio che non osa manifestarsi, ma esiste.

Ricordo che quando diceva «el paronzin», gli si illuminava la faccia, o così mi pareva...

A lui avrei potuto dire tutto... A nessun altro che a lui... I parenti non capivano; o erano troppo severi; e nei loro giudizi mi ferivano. Con lui invece, pover'uomo, che non avrebbe preteso di sentenziare, che si sarebbe limitato a dire:

- Signora, coraggio; forse gli passerà...

Aveva un figlio anche lui, che gli aveva dato dei dispiaceri, e poi era emigrato in America, e credo non facesse più saper nulla di sé. Egli non ne parlava mai, per riguardo, forse, per tema d'annoiare; ed io, crudele, egoista, non gliene avevo mai chiesto.

Ma la vedova, nei primi giorni dopo la morte, mi aveva detto:

- L'aveva sempre in mente, sa!... In questi ultimi tempi, lo sentivo rivoltolarsi per il letto tutta la notte. Una volta, mi è parso anche di sentire che piangesse...

Pover'uomo! Forse il figlio aveva commesso qualche errore per cui aveva avuto bisogno di denaro, gli aveva scritto? Qual era stato il dramma di quella povera vita?... La vedova non sapeva nulla. Si capisce che non si era confidato neppure con lei... Anch'egli; - solo: - solo come siamo tutti, quando un grande dolore ci opprime. Pare che Dio scavi la solitudine intorno alle persone infelici...
Che silenzio in quella gran casa deserta!... Solo il mio lume acceso nella notte... Pareva d'essere in un'isola sommersa... Dalle vecchie cornici lungo le pareti, alcuni di coloro

che mi avevano preceduto in quel luogo mi guardavano: mia suocera, col naso affilato e due lisci bandeaux di capelli castagni; l'uno a destra l'altro a sinistra di lei, i suoi due mariti, ch'eran stati fratelli: il primo, morto giovane, fisionomia pensosa e quasi presaga, il secondo, mio suocero, con gli occhi azzurri a fior di testa nella larga faccia e gli scopettoni alla tedesca; la sorella di mio marito, Nora, bionda bionda, leggermente strabica, vestita di giallo a piccoli falbalà orlati di bianco; e Francesco Marzòlo il medico, e Paolo Marzòlo il glottologo, e Marzòlo il Vescovo; tutta gente d'ingegno, e taluni anche di notevole valore morale: tutti scomparsi, passati, dimenticati...

E tutti si erano creduti importanti; tutti avevano avuto le loro pene, le loro gioie, le loro passioni, a cui avevano dato enorme valore, tutti si erano creduti per un momento il centro del mondo...

Come noi... che saremmo noi pure passati e scomparsi...

Ma forse a nessuno di quei là era avvenuto ciò che stava avvenendo a me: tante angoscie, tante inquietudini, tanta delusione che sarebbero bastate a riempire una intera esistenza, accumulate in una sola ora, in una sola stagione della vita...

Le lagrime mi pungevano gli occhi. Tutti quei morti che mi guardavano... Essi e me soltanto, ormai, nella casa...

Ah, non piangevo per loro. Certuni non li avevo neppure mai visti. Che fossero morti non m'importava. E neppure di morire io, m'importava. Di nulla, m'importava.

Ma quella casa deserta, con tutti quegli alberi intorno, nel silenzio notturno...

E il suo ritratto di bambino era là, solo in mezzo a una parete tutta per lui...

Due o tre lagrime cadevano sulle scartoffie con un rumore secco: mi asciugavo vivamente gli occhi, e riprendevo a controllare le cifre.

- Casèra vecchia. Animali bovini. Nascite...

Non uno dei miei appunti coincideva colle registrazioni del fattore. Dov'era andata tanta roba? Venduta, sparita, nascosta?... Non soltanto i granai e le cantine dell'Agenzia centrale, ma anche quelli delle varie fattorie, a novembre, quando avrebbero dovuto trovarcisi accumulati i raccolti dell'annata, erano vuoti: le stalle quasi deserte.

Quanta parte delle sparizioni apparteneva al passato, cioè era attribuibile al fattore, e quanta al presente, alla slealtà, alla rapacità dei coloni?...
Questo era il problema che mi turbava profondamente, per le conseguenze che da una convinzione in un senso o nell'altro sarebbero necessariamente derivate; ma acquistare

una convinzione assoluta era appunto la cosa più ardua, e la mia povera e ingenua capacità di comprendere gli uomini vi si accaniva inutilmente.

Che fare?... Licenziare i dipendenti in massa, o tollerare, tirare innanzi così, diffidando di tutti, senza essere riuscita ad appurare le responsabilità? Vivere senza fiducia, e conseguentemente senza cordialità, senza sincerità, senza amore?

Notaio, avvocato... Sì, li avevo consultati! Ma ben poco potevo attendermi da loro. Professionisti di città, che non conoscevano né la terra né la gente dei campi; legulei, che basavano la loro sapienza sulla conoscenza del diritto, mentre qui si trattava di una scienza assai più difficile: quella di venire a capo dell'omertà, dell'astuzia, della finta semplicità; di tutta la tattica sfuggente del contadino, imbattibile su questo terreno.

E non era assurdo, ignobile, vivere così, unicamente per soffrire e per difendere un pezzo di terra?... Fosse stata per un essere caro, almeno, questa difesa degli interessi materiali; questa battaglia così dura, così meschina, così gretta, di fare l'inquisizione a della gente povera e ignorante che forse non si rendeva neppur conto di essere in colpa; fosse stato per difendere qualche cosa a cui qualcuno, almeno, oltre a me, tenesse!

Ma da oltre un anno egli non tornava alla Marzòla... Così cara gli era stata un giorno, che pareva non potesse vivere altrove; oggi, completamente abbandonata... Una casa, un pezzo di terra, un albero!... Hanno il valore che dà loro il nostro amore, il nostro attaccamento. E il nostro sentimento, che crea il valore di ciò che possediamo. Stolta ed assurda era la mia lotta per salvare, attraverso alle cose materiali, tutto un patrimonio spirituale che, alla mia scomparsa, il vento avrebbe disperso! Ad amare, oltreché a soffrire, io mi sentivo sola...

... Le cifre mi parevano file di formiche che si muovevano, si spostavano, s'incrociavano sulla carta. Cercavo rincorrerle, non ci riuscivo. Avevo sempre detestato i conti, non m'era mai venuta bene una somma alla prima. Ed ora vegliavo appunto sui conti fin oltre mezzanotte, finché la vista mi si annebbiava, finché un passo timido si avvicinava all'uscio, una mano bussava lievemente.

- Chi è?

Era Bettina, a cui avevo forse dimenticato di dire d'andare a letto: aveva gli occhi piccini piccini, il grembiale bianco tutto spiegazzato, un codino le saltava fuori dalla crocchia; evidentemente si era addormentata attraverso alla tavola della cucina. Col pretesto di chiedermi se avevo bisogno di nulla, veniva a rammentarmi l'ora assurda, incredibile.

- No, va pure a letto, Bettina. Perché ancora alzata? Non ti ho detto tante volte di non aspettarmi oltre le dieci?

E Bettina timidamente: - Venga anche lei, signora; le fa male vegliare così tardi.

Quell'umile sollecitudine mi commoveva. Spesso obbedivo; attraversavo dietro alla ragazza le grandi sale fredde che mi separavano dalla mia stanzetta.

- Hai con te la scatola verde?

- Sissignora.

M'era venuta l'apprensione che qualcuno potesse frugarvi dentro, curiosare, disordinare, disperdere, il lavoro faticosamente compiuto in tre mesi. La mia memoria da qualche tempo subiva così spesso delle parentesi che, se non avessi tutto annotato e segnato, non avrei saputo più nulla; né i crediti né i debiti.

- Mettila al solito posto; chiudi bene; e dammi la chiave.

Dentro nella scatola verde c'era anche il principio di una lettera che dovevo scrivere a lui, e che non avevo avuto ancora la forza di scrivere.

Domani, domani... Ora bisognava dormire.

Ma appena a letto, «quell'altra cosa», e la lettera, e infiniti pensieri d'una pungente tristezza, sbucavano dal loro nascondiglio e ricominciavano il loro lavoro.

A Natale egli non sarebbe venuto, lo sapevo, lo sentivo. Da dieci giorni non scriveva. Ah, Signore Iddio...

Il sonno piombava su me improvviso e pesante come una pietra. E allora, deformati e bislacchi come in un incubo, colle teste storte, coi grandi orecchi piantati fuori posto, colle bocche larghe come quelle degli squali, Battagin Parolin Merlo Capuzzo Padovan, si affollavano gesticolando intorno al mio letto. Il muto dei Gatto mi minacciava col pugno... Ma non c'è un bambino laggiù, un marinaretto vestito di bianco, che gioca fra le due magnolie del prato?... Le Pigozze dai grandi corpi sgraziati si curvano su di lui, lo afferrano, fuggono, lo portano via...

- No, no, è mio, è mio! - Gridavo, volevo accorrere, buttavo da parte le coperte, mi slanciavo fuori...

E allora mi svegliavo di soprassalto. Il cuore mi batteva disordinatamente; mi mancava il respiro. Forse avevo la febbre?... No; il polso ora si era fatto così debole che quasi non si sentiva. Balzavo a sedere sul letto, versavo nel bicchiere qualche goccia di camomilla; la trangugiavo; i denti mi battevano...

Non chiamavo nessuno. Che silenzio!... Così profondo da esser quasi tangibile. Il silenzio della Marzòla, dissimile da tutti gli altri silenzi...

Tutto dormiva nella casa e intorno... D'estate, c'era un rosignolo sulle magnolie, o un altro uccelletto, - non so, - che cantava dolcemente durante la notte, e mi confortava.

Ora... avevo dinanzi a me ancora cinque o sei ore prima dell'alba. Mi ributtavo giù e chiudevo gli occhi. Ah, poter dormire!...

Pensiero, non tornare!

Ed ecco che un bel giorno era arrivata Alberta. Con due bouillottes di gomma per l'acqua calda, pelliccia e pellicciotti, lampadina elettrica tascabile, una piccola e graziosa rivoltella di cui aveva molta paura, e un bastone colla punta ferrata: come capitasse in selvaggi e perigliosi paesi.

- So che il progresso non ha fatto qui passi da gigante...

Era venuta coll'idea di fermarsi pochi giorni, al massimo due settimane; invece, da un giorno all'altro sempre procrastinando, - forse io le facevo pena ed esitava a lasciarmi sola, - aveva finito per trattenersi un mese e mezzo.

Trascorso il quale, all'improvviso, da un'ora all'altra aveva deciso di partire. Non era da meravigliarsene: questo era nel suo carattere fin da quando eravamo insieme, fanciulle, lei maggiore di me di qualche anno, al Convento del Sacro Cuore.

Sopportava molto; poi, raggiunto un dato grado di sopportazione, le veniva fulminea l'assoluta intolleranza di una cosa, di un luogo, di una persona; e con uno strappo se ne scioglieva.

Il giorno della sua partenza, un giovedì, ricordo, io dovevo accompagnarla fino a Vicenza, e Marco, fiero e zelante, aveva lavato, strofinato, lucidato la macchina, così da farla risplendere come uscita appena dalla fabbrica. Proprio quel mattino, un filo di febbre, un po' di mal di gola, - non un attimo di riposo durante la notte, - cose da nulla, mi avevano costretto a letto.

- Vuoi che resti?... Se non ti senti bene, non parto.
Ma no, non potevo accettare che Alberta si sacrificasse ancora. Quel mese e mezzo doveva già esser stato per lei un vero orrore. Altro che sole sotto grandi alberi!... Pioggie torrenziali, poi freddo intenso, e vento che tagliava la faccia, il vento del Canal di Brenta che quando si sferra pare un cavallo impazzito; i campi lividi, gialli; spettri d'alberi a braccia spalancate lungo fossi gelati; e, tutto questo, senza la morbida ricchezza della neve; la neve s'era arrestata sulla montagna a mezza costa: da noi la campagna era tutta scoperta, vecchia, nuda, raggrinzita nei suoi solchi, nelle sue rughe.

E, nella villa, le stufe accese solo in qualche stanza, con vaste zone gelide da attraversare; l'acqua del serbatoio gelata, - impossibile fare il bagno; - la scala così alta e fredda che per transitare da un piano all'altro Alberta doveva infagottarsi in scialli, mantelli e golfs, e per poco non si metteva in testa il passamontagna.

Ella era giunta quando fortunatamente avevo finito le mie disgraziate scorribande per le fattorie, e avrei dovuto godere, colla sua compagnia, un po' di riposo.

Ma in quel periodo avvenivano alla Marzòla dei fatti straordinari che mi tenevano in grande agitazione.

Rallentato alquanto l'andirivieni per i restauri, capitava ogni giorno l'uno o l'altro dei coloni, spiritato o misterioso, ad avvertirmi che erano stati segnalati dei «magabondi» nei boschi, o che i confini erano stati manomessi, o che c'era «chi» durante la notte lavorava nientemeno che a far deviare il corso d'acqua che alimentava l'irrigazione del fondo, inconvenienti i quali era ben difficile appurare, e tanto meno rimediare d'urgenza, ma che, supposti o reali, mi facevano vivere in continuo batticuore come fossi circondata da bande di briganti.

Avevo avvertito i carabinieri della stazione più vicina; provocato ricerche, interrogatori e confronti, che però avevano dato ben scarso risultato.

E una mattina Lu, il caro e vecchio Lu, che serviva così bene da guardia dopoché sulla Fina, che aveva i cuccioli, non si poteva contare, era stato trovato avvelenato a pochi passi dalla scuderia.

Dolore e costernazione: Lu quella notte non aveva abbaiato mai; doveva esser stato avvicinato da qualcuno che era abituato a vedere. Bettina singhiozzava; Marco giurava che voleva «far la pelle» a Tizio, Caio, Sempronio, a suo padre stesso, se fosse stato il caso.

Alberta era giunta alla Marzòla proprio il giorno dei funerali di Lu, quando l'avevamo appena sepolto, in una bella cassettina bianca d'abete, sotto il grande castagno in fondo al parco, ed era rimasta impressionata, non tanto della gravità dei fatti, quanto della depressione nervosa che in me determinavano.
Messa al corrente del complesso della situazione, aveva espresso il dubbio che le notizie provenienti dai coloni meritassero scarsa attendibilità. Quanto a Lu...

- Questi attentati ai confini e alle acque della Marzòla, mi han l'aria di esistere soltanto nelle fantasie. O che le denuncie rappresentino una gara di zelo per primeggiare nella tua stima, o per... misurare la tua resistenza? Je les connais, ces malins-là! Quanto a Lu, non c'è dubbio. Lu è stato avvelenato da qualcuno ch'egli conosceva bene. Ils tâchent te dégoûter de la Marzola...

- Credi?...

- Senz'altro.

Il sospetto, a dir vero, era venuto anche a me, ma l'avevo respinto per viltà, come si respingono in generale le cose, i pensieri, che fanno un po' male.

Alberta intanto, d'accordo con Bettina che mi si era affezionata, aveva organizzato delle vere e proprie misure difensive, affinché riuscisse difficile e quasi impossibile disturbarmi, ove non fosse per motivo ben chiaro, documentato ed urgente.

Ordine: «I coloni dovranno presentarsi alla villa solo se chiamati, oppure, preceduti da uno scritto che esponga chiaramente il motivo del richiesto colloquio, nei giorni ed ore che saranno loro indicati».

L'ordine era stato nientemeno che affisso all'ingresso secondario della villa. Alberta si era divertita a osservare, non vista, la sfilata degli svariati personaggi che arrivavano, si fermavano, naso all'aria, a leggere l'avviso, e facevano dietro front.

In un batter d'occhio la schiera si era assottigliata, ché il contadino non ama in nessun caso scrivere, - e non soltanto perché sa poco, - e tanto meno ama esser chiaro e preciso.

Di scritti che esponessero... ecc. ecc..., manco l'ombra.

Ma in tal modo, a pochi mesi dall'inizio del mio soggiorno in campagna, il metodo era già totalmente cambiato, ché io mi ero stabilita alla Marzòla con molta fede nell'utilità dei contatti frequenti e diretti, col proposito di avvicinare la mia gente, e colla speranza di raggiungere una cordialità quasi affettuosa di rapporti.

Ahi, - così presto!, - era nata invece in me una vera contrarietà, un'intolleranza quasi morbosa, di quelle teste storte, di quel modo inconfondibile di soffiarsi il naso, di quel «Parloi ben?» che ritornava ad ogni istante, e soprattutto di quella profonda, fondamentale, insanabile diversità, per cui essi e noi parlavamo un linguaggio reciprocamente incomprensibile.
Io, che in passato avevo disapprovato francamente quella che chiamavo la «scarsa umanità» di mia suocera, quella distanza, quel sussiego, quell'incomprensione, - dicevo allora, - che mi pareva metter ella fra sé ed i suoi dipendenti, oggi ero giunta al punto di trasalire di antipatia solo all'udir di lontano la voce di un contadino, e di diventar nervosa, inquieta, quando si presentava la necessità di accordare udienza a qualcuno; e vile così, da architettare i più svariati pretesti per evitarlo.

E, nello stesso tempo, inconsciamente, nei brevi e inevitabili colloqui, avevo imparato a fingere di non capire, ad essere sospettosa, reticente, a star nel vago, a non manifestare mai completamente il mio pensiero, le mie intenzioni.

In una parola, avevo imparato dalla mia gente a difendermi colle sue stesse armi, ma ciò mi era duro e difficile, e vi riuscivo male.

Il buio precipitava alle quattro; le strade erano quasi impraticabili per il fango o per il ghiaccio.

E nondimeno Alberta ed io uscivamo ogni giorno per andare alla posta. Alberta, sempre affamata di lettere dei suoi cinque figli sparsi per il mondo; io, per quell'ansia di notizie che si ha specialmente quando si sa a bella prima che, comunque siano, buone non possono essere.

Ma spesso, arrivate all'ufficio postale, intirizzite e col naso rosso, ci si sentiva rispondere che l'uomo della corriera aveva sbagliato sacco, e depositato qui la corrispondenza destinata agli uffici di A. o di B., e viceversa.

Allora ci si avviava con passo meno vivo, e demoralizzate, verso casa, e per la strada non si incontrava nessuno; quando eravamo ben fortunate, qualche ragazzotto in bicicletta, coi lembi della giacca svolazzanti, indizio di suprema eleganza; o la solita donna che sbucava dal solito cortile rincorrendo il solito porcello; qualche villano che tirava dietro a sé un vitello legato per una corda; qualche massaia con un paniere infilato nel braccio e coperto con un tovagliolo bianco.

Poca cosa, come distrazione, per Alberta soprattutto ch'era eminentemente cittadina, e non aveva, per star qui, le buone ragioni che avevo io, né, per sopportare la monotonia di questi luoghi, l'indulgente amore per il «natio suol».

Si passava la sera accanto al caminetto; si stava alzate fino a tardi; entrambe lavoravamo a maglia per i poveri, ma più che tutto si parlava, si parlava.

Io avevo confidato ad Alberta, a cui mi legava amicizia antica e profonda, non soltanto le difficoltà della sistemazione che mi preoccupava in quel momento, ma anche l'altro e più cocente dolore.
Difficile a raccontare e difficile a comprendere; ché qui non si trattava purtroppo di problemi d'ordine materiale, né di un dolore chiaro, diritto, che si conosce, che si misura, che si affronta... Si trattava di un dramma dalle cento facce; e ne aveva di patetiche e di repugnanti, e quella di oggi non era uguale a quella di ieri, e quella di domani non sarebbe stata uguale a quella d'oggi; si trattava della più pericolosa delle malattie, d'una specie di scatenata pazzia ragionante che voleva, disvoleva, amava, odiava, credeva, disprezzava, e si serviva dell'intelligenza come di una raffinata arma di tortura contro se stessa e contro gli altri: qui il male apparteneva a quella categoria per cui le donne, - o almeno le donne come noi, e le madri in genere, - hanno una refrattarietà di comprensione quasi assoluta.

Ho la sensazione infatti che, in quelle lunghe sere, dinnanzi al fuoco, nel silenzio della casa immersa nel sonno, Alberta ed io ne parlassimo colla competenza colla quale avremmo dissertato sul ciclone in Africa o sul maremoto nell'Oceano Indiano...

Alberta soprattutto, che si trovava nelle condizioni dello spettatore sano, equilibrato, posto dinnanzi al tumore maligno o, peggio, dinnanzi a una crisi di origine misteriosa le cui manifestazioni la riempivano di sorpresa e d'inquietudine. Io forse, non foss'altro per il mio tanto soffrire, penetravo un po' più a fondo nella realtà...

E intuivo come possano esistere di tali drammi anche se l'oggetto di essi appaia del tutto sproporzionato al caos che determina, ché il nostro dramma è in noi, e l'amor nostro è quello che noi siamo, e se in noi abbiamo i lampi e le saette, l'amor nostro sarà tempestoso anche se ispirato dalla più mediocre e più innocua delle creature, e se in noi c'è serenità e semplicità, ameremo serenamente e semplicemente la creatura più complicata e più ambigua...

Certo, si trattava di un male che faceva molto soffrire, e chi ne era colpito era l'essere più caro che avessi al mondo; io lo sentivo travolto da una corrente vorticosa, e per seguirlo, per sostenerlo, per rispondergli quando mi chiamava, mi sentivo travolgere anch'io, ma non avevo cuore d'abbandonarlo...

Povera donna che ero, credevo di potere qualche cosa contro il destino!

Alberta mi diceva: - Cerca di non pensarci, o di pensarci meno; o meglio, pensa più a te che a lui.

Davvero, se c'è una disciplina nel soffrire, era urgente impararla, ma io non la conoscevo, e non sapevo far altro che semplicemente, infinitamente soffrire...

E intanto, a furia di star sole, Alberta ed io, l'una davanti l'altra, senza un diversivo al mondo, a parlare quotidianamente delle stesse cose, tutte spiacevoli o noiose, e a vedere innanzi a noi una fila di giorni, l'uno eguale all'altro e a quelli che stavamo passando, avevamo finito per diventare cavillose, permalose, pedanti, a camminare proprio sul filo d'un rasoio per non litigare.

Un giorno, tornando dalla posta, - un giorno appunto che l'uomo della corriera aveva sbagliato sacco e non avevamo trovato nulla, faceva un freddo da lupi, ad Alberta doleva lo stomaco, a me un dente, (ma sarebbe avvenuto egualmente senza tutto ciò), - l'avevo udita borbottare fra sé: - La vie cochonne de la campagne...

Era una citazione qualsiasi, ma io avevo rimbeccato con indignazione, esagerando, naturalmente, ed arrivando a dire nientemeno che: - Tua figlia è assai più umana di te; tu, sei libresca... -, e cose di questo genere, del tutto assurde, ingiuste, e sproporzionate alla causa che le aveva provocate.

Alberta, che sapeva pungere, aveva risposto. Dopodiché avevamo percorso il resto di strada in silenzio, senza guardarci in faccia, sordamente irritate e imbronciate l'una coll'altra.

Tutto il giorno era passato così; la sera, al momento d'andare a letto, ci eravamo abbracciate ridendo e piangendo.

- Perdonami!

Ma insomma era necessario che il sacrificio d'Alberta finisse. Dopo quella piccola burrasca ella era rimasta alla Marzòla altri otto giorni ancora, durante i quali la nostra consuetudine di vita era tornata quella d'un tempo: affettuosa, fiduciosa, senz'ombre; ma chiedere di più alla amicizia, anche ad un'amicizia come la nostra, sarebbe stato chieder troppo.

Eppoi... è inutile illudersi: quando si è proprio tanto tanto infelici, voglio dire quando l'infelicità tocca il più alto vertice, neppure la compagnia d'una persona cara riesce a fare del bene; anzi diventa una sofferenza anch'essa: tutto, tutto, è una sofferenza.

E in fondo si è sempre due; neppur la simpatia, la pietà, la bontà, riescono a fare, di due esseri, uno.

Udii i tacchi alti scandire il ritmo del suo passo attraverso la sala, il rumore secco del richiudersi della porta sul giardino, il clacksong ripetere tre volte il suo rauco grido. Alberta era partita.

Dopo la sua partenza, che feci?... Lo ricordo come una cosa pallida, lontana nel tempo, ed è passato poco più di un anno...

Seduta sul letto, appoggiata a una piramide di cuscini, mi misi a leggicchiare un libro qualunque. Lo prendevo, lo posavo giù subito, aperto, sulla coltre; lo riprendevo. Il rosso dei gigli della serra mi feriva stranamente gli occhi, come una cosa troppo violenta. Guardavo la mia mano, così magra e pallida, colla nervatura visibile; così delicata, che pare non appartenga al mio gran corpo apparentemente fiorente... Guardarla mi turbava, come dicesse cose ch'io non avevo mai dette neppure a me stessa... Tutta la mia capacità di sentire e di soffrire, non era forse scritta là, su quella pallida mano palpitante?... Ricordo che mi feci portare la scatola verde, l'apersi, misi in ordine certe carte, sfogliai il piccolo registro, coll'oscuro istinto di mettere delle cifre, delle date, - qualche cosa di preciso, di duro, di materiale, - fra i miei occhi e quella povera mano dolorosa... Ma anche questo mi stancava; riconsegnai la scatola a Bettina.

... Il silenzio della Marzòla...

Pensieri scuciti, senza filo apparente, mi attraversavano la mente... La grande coltura di Alberta, e quell'atmosfera alta, veramente alta e singolare, dove la sua presenza e la sua conversazione trasportavano, atmosfera un po' troppo cerebrale forse, ma ricca di risorse e d'imprevisto... E la malinconia pungente di certi sentieri della Marzòla, sperduti fra le larghe piane, coll'erba gialla, bruciata dal gelo... E come rideva Toto, un tempo, prima che lo aizzassero contro di me, quando mi correva incontro per la campagna agitando la bagolina... Le gengive gli si scoprivano nel ridere, e tra le ciglia bianche gli occhi non si vedevano quasi più... Ora mi odiava... Forse tutti i dipendenti mi odiavano... Perché?... Non avevo fatto del male a nessuno... Ah, meglio non pensarci!... Com'erano belle le due magnolie laggiù, nobili e sole, sul prato immenso! Tra pochi mesi sarebbero tornati gli usignoli. La sera, un tempo, dalla loggia, li ascoltavamo cantare. Si taceva e si ascoltava. Eravamo tutti, allora... La fornace di Lièdolo aveva mandato dei mattoni avariati. L'indomani, anche se non stavo bene, dovevo assolutamente parlare col capomastro... Quei lavori che andavano a rilento...

E, in tutto questo e sopra tutto questo, il pensiero continuamente ritornante dell'incerta sorte di mio figlio, e l'assillo della sistemazione materiale da decidere senza ritardo; due cose che nulla avevano di comune, e si fondevano in un'unica lancinante inquietudine.

Come avviene che per una via oscura lungo la quale si è lungamente proceduto tentoni, si accenda all'improvviso una luce, si discerna una traccia?
Come avviene che una soluzione intorno alla quale si è esitato un anno, appaia, - e in un attimo, - chiara, lampante, persuasiva, l'unica possibile?

Non so: così avvenne a me.

Come se una mano avesse afferrato imperiosamente la mia: ma la forza che mi guidava non era fuori di me, era in me: e si chiamava coscienza, o destino. Da oltre un anno seguivo il figlio nello sbaraglio d'un'oscura tormenta misurando ansiosamente il mio passo al suo passo, correndo se egli correva, fermandomi se si fermava, trascinata oggi ad accettare, domani a ripudiare, convinzioni, sentimenti, avvenimenti, dei quali non potevo neppur giudicare, tant'erano da me lontani, smarrendo il senso del vero e del falso, del reale e del fantastico, del meglio e del peggio: facendo molto male a me, senza riuscire a far del bene a nessuno: tutto questo doveva finire.

C'è un momento, quando il figlio viene alla luce, in cui il fragile legame di carne che l'unisce ancora alla madre deve esser troncato perché, uniti, né l'uno né l'altro potrebbero vivere; c'è un altro momento in cui è necessario che la madre stessa, di sua volontà, coscientemente, deliberatamente trovi la forza di disgiungere sé dal figlio: la forza di lasciarlo solo.

Toccava a me questa volta; e in quel fugace attimo ne ebbi piena e chiara coscienza.

Quanto al resto, tergiversare, attendere, ostinarsi a voler conservare tutto, era inutile ed impossibile. Bisognava decidersi al sacrificio, ma questo sacrificio non doveva essere rappresentato dalla Marzòla. Né i boschi, né la villa, né il parco, né le terre... Neppure un fil d'erba della Marzòla doveva essere intaccato.

...Da mesi stavo ripetendomi che sarebbe stato disumano sacrificio stabilirmi in campagna, che tutto quel poco che mi restava di vita ne sarebbe stato sconvolto, che significava iniziare una serie di privazioni di cui era difficile misurar la portata, e tuttavia, e in un solo attimo, la decisione fu presa, e mi parve la fine di ogni trepidazione, di ogni perplessità: la più chiara, la più semplice, la più rapida: la salvezza.

La salvezza della Marzòla... Sì, aspro sacrificio... Ma la Marzòla sarebbe rimasta e durata anche dopo di me. Là un giorno, indubbiamente, fatalmente, sarebbe tornato il sentimento di chi l'aveva momentaneamente tradita. Quello era il porto...

Sentii il sangue affluirmi al cuore; un senso di liberazione, quasi di gioia, di tumultuosa pienezza di vita. E la fretta, la fretta di far presto.

- Voglio scrivere, - dissi a Bettina. - Dammi tutto, subito.

La carta era piccola, bluastra, gentile. «La Marzòla, dicembre...»

Perché quel giorno scrissi: «Caro figlio», anziché «Caro Giorgio...» come sempre? Perché quel bisogno assoluto, imprescindibile, dominatore di ogni altro pensiero, di scrivere quella lettera proprio quel giorno? In tutt'altro senso un'altra lettera era stata incominciata da tempo, e mai l'avevo finita...

«...Caro figlio...».

Ora sentivo freddo; un brivido per le ossa: che stranezza!

«...Caro figlio... Rimanere in disparte... Tu: solo e libero... Casa di città... La Marzòla...». Lo sforzo era grave.

Quando ebbi finito la malacopia, (era una di quelle sciagurate lettere di cui si fa la malacopia), la mano mi tremava forte. Ma la lettera era scritta. Finalmente. Ah, il rosso di quei gigli!...

Chiusi gli occhi; risprofondai la testa nei cuscini.

Un senso di pace, o piuttosto di smarrimento, di grande, infinita stanchezza?...

Forse adesso sarei riuscita finalmente a riposare, a dormire?...

All'orologio della torre suonarono le quattro. Dormire...

Fulmineamente, uno scroscio come di torrente dalla parte sinistra del petto. Il cuore... il cuore...

Ebbi la sensazione di qualche cosa di grave? Tesi la mano al campanello senza raggiungerlo?

- Aiuto! - forse gridai?...

E non so con qual voce, né se fui udita, ché non riapersi gli occhi, e non udii entrare nessuno.

E come una foglia si stacca dal ramo, senza dolore, senza violenza, la vita si staccò da me.
Marco era andato all'officina della città per riparare un guasto alla macchina: nella casa eravamo sole, Bettina ed io.

Non so quando Bettina sia rientrata nella mia stanza; forse soltanto alle cinque per portarmi il tè?... Credo che, vedendomi com'ero, si sia precipitata fuori urlando, abbia sguinzagliato il padre, i fratelli, a cercare il medico del villaggio, si sia attaccata al telefono chiamando il primario dell'ospitale di città, chiamando Venezia, Roma... Mio fratello, mio figlio...

E fra una telefonata e l'altra correva a me come impazzita, mi scuoteva, mi spruzzava d'acqua fredda, mi faceva il massaggio alle tempie colla Colonia...

- Signora! Signora! Signora!

Frattanto io ero assente; sola; e finalmente in pace.

Allora, essi incominciarono ad arrivare. Venivano l'un dietro l'altro correndo su per la collina, attraversavano il giardino, non più coi passi impacciati coi quali di solito percorrevano lo spazio dominato dalle finestre della villa, ma con grandi sgambate sgangherate e storte, facendo ressa alla porta d'ingresso, dandosi l'un l'altro spinte e gomitate per passar primi, per arrivar più presto.

Sul lucido terrazzo alla veneziana della sala, dove di consueto avanzavano circospetti e guardinghi come in chiesa, qualcuno che aveva ai piedi le sgalmare coi chiodi, diede un ruzzolone... Sssst!... La padrona è là... Nella piccola stanza la luce è stata accesa...

Attraverso il cancelletto della serra, allungando il collo, si può intravederla... Lunga sul letto, bianca, a occhi chiusi, non dà più udienza a nessuno...

- Gesummaria Materdomini!

Vengono le spose, coi bimbi in braccio; perfino la Titotta, incinta di nove mesi che le manca sì e no un'ora a partorire; le vecchie, col Rosario in tasca; i bambini piccoli, due a due, tre a tre, tenendosi per mano come i pupi che si ritagliano nella carta, e la Martina che trema e borbotta Ave Marie, secca e nera come un tizzone. Toto saltella su di un piede solo, come fosse morso dalla tarantola... E tutti si assiepano nella serra, e tirano il collo a guardar lei, a bocca aperta e cogli occhi imbambolati, come a uno spettacolo straordinario, e, in fondo, sono stupiti ma anche un po' rassicurati di vederla finalmente a quel modo, che non gira più, che non comanda più, che non ha più voce né sguardo per dir «non vi credo»...

Gli uomini parlottano fra loro, e si comunicano le loro impressioni a voce bassa, ancor timorosi, ché, non si sa mai, se lei non avesse a riaprir gli occhi all'improvviso e a dire: - Che fate qui? Chi vi ha chiamati? Così obbedite al mio ordine? Lasciatemi in pace!

- Gesummaria Materdomini! Chi lo gavaria dito? - sussurrano le vecchie.

E le spose notano che alle tempie lei ha i capelli bianchi: quando le son venuti? da ieri a oggi? O che prima fosse così bene aggiustata che non si vedevano?

E forse pensano: - Le siore se fa tante strigarìe, che no se capise gnanca se le sia zoveni o vecie...

E poco a poco, uomini e donne, come nessuno di famiglia è giunto ancora, e i medici neppure, - eh, ci vuoi tempo per arrivare alla Marzòla! - e c'è lei sola, che non dà più soggezione, ch'è sempre allo stesso modo come non ci sia, immobile, smorta, col respiro soltanto a denotar che non è del tutto passata... poco a poco cominciano ad acquistare una certa disinvoltura, ad alzare il tono di voce, a far commenti, a spostarsi di qua e di là a gruppi per l'appartamento, guardandosi curiosamente intorno.

Un capannello sosta nello studio, davanti al vecchio scrittoio dove Bettina poche ore innanzi ha posato la scatola verde.

Sussurra qualcuno ammiccando: - Le carte, le xe tute qua...

Si fa un silenzio: essi evitano di guardarsi l'un l'altro, ma hanno una strana luce negli occhi.
I ragazzi toccano i sopramobili; se li passano da mano a mano; si fermano davanti agli specchi a farsi le boccacce, o li appannano coll'alito e con un dito vi tracciano sopra degli strambi ghirigori.

Ed ecco che arriva il prete, trafelato, prima dei medici, prima dei parenti; getta uno sguardo a lei, indossa i paramenti sacri, le dà la Estrema Unzione.

Ecco i medici, l'uno dietro l'altro, quello del villaggio e quello della città, e le fanno due iniezioni d'olio canforato, la scoprono, la girano, ascoltano il petto, il dorso, picchiano di qua e di là.

- Nulla da fare... poche ore... Il ghiaccio, l'ossigeno... È stato avvertito il figlio? i parenti?

Dice il prete: - Un Crocefisso...

Ne trovano uno, piccolo, nero, dimenticato in una pidella dell'acqua santa, e glielo mettono sul petto fra le mani congiunte.

Io non so che cosa avrei sofferto se nell'incoscienza apparente avessi avuto coscienza di quel che avveniva intorno a me, di quel che mi facevano, di tutta quella gente soprattutto, che mi guardava.

Pensando alla morte, - e ci pensai spesso fin da quando ero bambina, - il terrore più grande era di quel che sarebbe avvenuto dopo, di quel trovarmi in balìa di qualcuno che mi avrebbe toccata, vestita, spogliata, all'infuori della mia volontà, di quel che sarebbe insomma avvenuto su di me senza di me. E dopo ancora... In una parola, non avevo mai potuto concepire la morte senza un mio orribile, inerte, impotente quasi assistere ad essa...

Sgomento vano... Dio risparmia questa sofferenza. Quando si è morti si è ben morti, non si è veramente più...

Ed ecco che due fari d'automobile riempiono il prato di un chiarore abbacinante. La macchina passa fra le due magnolie: lucide, enormi: si avvicina, è qui.

Mio fratello...

I coloni si allineano lungo le pareti della sala, le donne intonano il Rosario.

Mio fratello mi teneva la mano. Più tardi pare che io gli abbia detto, senza riaprire gli occhi: - Non mi abbandonare.
E ancora: - Ho tanto sofferto.

Ma non ne ho coscienza, né ricordo. Deliravo: parlavo del bosco, di due cacciatori nascosti fra gli alberi... Le canne dei fucili luccicavano... parlavo della fornace, della fabbrica, davo gli ordini a Bettina...

Di lui e della Marzòla, nulla. I due pensieri dominanti, quelli che mi avevano condotta alle soglie della morte, si erano rifugiati nuovamente nel profondo, dove nessun occhio umano poteva raggiungerli.

Quando all'una di notte «mi svegliai», egli era già arrivato, e stava seduto vicino al mio letto. Non ne provai sorpresa. E neppure mi sorprese tutta quell'altra gente intorno a me, quel medico... Io venivo da molto lontano.

Lo guardavo in silenzio, e anch'egli mi guardava. Sentivo i suoi occhi attaccati su di me. L'uscio del salotto comunicante colla mia stanzetta era aperto: il piano a coda, fra i mobili chiari, risaltava scuro e massiccio.

- Suona... - gli dissi.

Sì, gli dissi proprio questa parola da melodramma. «La morente che con voce tremula sussurra: Chopin...». Ah, non era da me. Eppure lo dissi, e dissi proprio questa parola e non altra; e fu così semplice, così spontaneo, così alieno da posa... a meno che non si posi anche alle soglie della morte!

E forse non fu che la ripresa di una cara consuetudine interrotta.

Ricordo chiaramente che egli chiese: - Davvero?... - e la sua voce era sommessa e timida.

- Suona... - ripetei.

- Che cosa?

- Quello che vuoi... - ed avevo già perduto ogni forza.

Ed egli sedette al piano e suonò.

«Che cosa», non ricordo. Dal fondo del mio lettino, colla borsa del ghiaccio sulla testa, il respiro frequente, più che udirlo io lo guardavo: le spalle larghe, quella bella figura che al piano rimaneva ferma, composta, impassibile, mentre le mani agili e sicure scorrevano la tastiera...
... Forse gli mancava la dolcezza: gli era sempre mancata, o non era ancora venuta? Forse un giorno... Ma non per me, allora, certamente.

E come il mio spirito non apparteneva più a nessun tempo, - non riesco a spiegarmi, ma era così, - e fluttuava fra il presente e il passato, senza radici, incerto, com'era forse ancora incerta la mia vita, io mi rividi, - no, mi sentii, anzi fui, - non più quella ch'ero veramente, ormai stanca, finita, coi capelli bianchi alle tempie, ma quella di parecchi anni innanzi, a letto come ora, un mattino del tardo autunno, appoggiata a molti cuscini, ma cogli occhi vivi e ridenti, colle nere treccie strette intorno al capo, quasi bambina, e già madre...

Ed egli entra, il gran personaggio di cinque anni, il marinaretto vestito di bianco, entra portando un mazzolino di fiori, tenuto per mano da suo padre, scortato dall'istitutrice, e si ferma in mezzo alla stanza, a qualche passo dal mio letto, diritto come oggi, serio, composto, - da allora, quanto poco è cambiato! - e, senza sorridere, quasi gravemente, recita:

Maman, c'est aujourd'hui ta fête,
Ce jour de joie et de tendresse,
J'ai des fleurs pour orner ta tête,
Un baiser pour charmer ton cœur.

Le lagrime mi riempiono gli occhi. Qualcuno dice:

- Bisogna che riposi, che non si affatichi, che non si commuova, che sia lasciata tranquilla...

Altro risveglio. Sono venuti due «professori» di Venezia: hanno detto che sono stata molto grave, ma che il pericolo è superato. Hanno parlato a bassa voce di collasso, ad alta voce di intossicazione, di esaurimento nervoso. Oh, il nome importa poco.

E poiché il pericolo è superato, tutti si affrettano a partire. Rimango sola, come prima di ammalarmi. Egli parte prima di tutti; è rimasto qui due giorni nei quali è stato verso di me abbastanza affettuoso, ma è impaziente di tornare laggiù... Naturalmente, non si è parlato di... Io sono inerte, fredda, direi indifferente. Anche il pensiero della sistemazione finanziaria, è diventato meno ossessionante, più lontano, più smorto. Qualche cosa dentro di me mi par rotto, o profondamente mutato. Mi pare che non potrò mai più soffrire come ho sofferto: che qualche cosa, in questo senso, sia nella mia vita finito per sempre.

E una mattina chi rivedo?... Alberta: seno pugnace, valigie e valigette, pistola e passamontagna. E i suoi occhi non sono più ironici, ma affettuosi, inquieti, pieni di bontà.

È tornata qui da Ginevra per tenermi compagnia, e poi anche, - mi dice, - perché non può vivere senza Lazzarin, Battagin, Merlo, Capuzzo.

- Sai? - le racconto, - che questa buona gente dice che ho fatto «un colpo»?... L'avessi fatto, pazienza; ma non essendo vero, mi secca...

- Lo smentisco io! - esclama Alberta.

E poiché in quel momento annunciano l'arciprete, (il quale, fra parentesi, ha un sacro terrore di lei e delle sue discussioni), gli corre incontro vivacemente:

- La signora sta benissimo: domani si alza.

- Eh sicuro sicuro, - risponde lui, - de sti colpettini no xe da aver paura; se pol farghene anca sete, oto...

Un giorno dico a Bettina: - Dammi la scatola verde.

L'apro, guardo, rovisto: la serratura è intatta, la chiave funziona regolarmente, ma il registrino lungo e stretto a fiorellini gialli, e il «calepino» dei miei appunti, non ci sono più, sono spariti.

Alberta ed io ci guardiamo negli occhi, davanti a Bettina impassibile.

- Va pure Bettina.

- Ma sei proprio sicura... - dice Alberta. - Chi...

- Essi... finché io ero senza conoscenza...

- Ma a quale scopo?

- Se io... non tornavo più in me... chi restava... non si sarebbe raccapezzato... Essi non ignorano che egli non sa nulla di queste note...

Rispondo con tanta stanchezza e tanto sforzo, che Alberta, inquieta, mi prende il polso, ne conta le pulsazioni.

- Non agitarti, pensa solo a guarire...

Hanno tolto i cuccioli alla Fina, e tutta notte ha urlato ininterrottamente. Che urli lunghi, umani!... Oggi Marco ha trasportato il suo canile dalla parte opposta della villa, perché io non l'oda, ma è lo stesso, ché mi riesce impossibile, impossibile, riposare un solo attimo.

Tortura degli occhi spalancati nella notte. Mi vedo nello specchio di fronte... L'insonnia e la penombra deformano i miei contorni? Una donna vecchia, grassa e pallida... Sono io quella?... Ho paura di me...

Ha incominciato a nevicare. A raffiche. Il vento investe la neve, la getta con violenza contro la mia finestra. Dal mio letto seguo ansiosamente la burrasca, e mi pare che in me qualche cosa l'uguagli, che da un istante all'altro nel mio essere possa disfrenarsi lo stesso caos che è nella natura, che da un istante all'altro io possa mettermi a singhiozzare, a gemere, a urlare...

Il limite è impercettibile, lo tengo stretto coi denti...

... No; nulla.

Una cosa commovente. La Fina ha improvvisamente cessato di lamentarsi ed è venuta ad accovacciarsi vicino al mio letto. Stamane ha posato il muso sul mio lenzuolo, con quella bella macchia bianca che ha tra gli orecchi, e mi guardava...

Continua a nevicare. Un uragano di neve. La linea telefonica interrotta. Stanotte per il mal tempo è mancata anche la luce: la casa, la valle, piombate nell'oscurità. Una candela sul mio tavolino da notte. Che ambascia... Credevo di morire; dicevo: ora muoio, muoio; e non avevo più la forza di reagire, di ribellarmi, mi abbandonavo...

È venuta invece l'alba: una luce che pareva un pallore, è entrata nella mia cameretta. Non nevica più. Mi sono assopita.

Giorni orribili. Notti... Né leggere né scrivere né parlare né dormire. Solo pensare, sempre pensare... Dio!

Decisa la mia partenza per la Casa di cura più vicina. Rimanere qui è impossibile, e non ho più la forza di sostenere un lungo viaggio.

È una piccola Casa di cura annessa a un grande Ospedale. Il giardino è comune, e piuttosto che un giardino è un gran brolo, dove passeggiano o seggono al sole i tubercolotici, i convalescenti, quelli che attendono di essere operati.
Ci sono anche i matti tranquilli.

Arrivando coll'auto sono i primi che incontro... Li hanno messi sotto una rustica tettoia a spaccare la legna per le cucine; hanno la scure in mano... Uno di essi, giovane, è senza una gamba, ma non ha stampella, muove saltellando su di una gamba sola. Quando passa la nostra macchina smettono di lavorare, alzano la scure, e ridono... Dietro un alto cancello intravedo anche gli altri, quelli a cui non è più concessa la libertà, i sepolti vivi... Certe facce, teste rapate, cenci...

Alcuni sono immobili contro il muro, altri accosciati per terra si baloccano colla polvere, coi sassolini: i più si aggrappano alle sbarre del cancello. Quando noi passiamo, fanno: - Uh! uh! uh!

Una camerina pulita dalle pareti dipinte di rosa. Una grande finestra che guarda su di un giardinetto quadrato cinto da una siepe di bosso. Agli angoli quattro cespugli eguali, simili a grosse palle, carichi di neve.

Il mulo dei Battagini arriva col mio sommier, il tappeto grande rosso, una poltrona, un tavolinetto...

Mi hanno permesso di portare tutte queste cose. Il Direttore è un medico ancor giovane, capelli grigi, faccia tormentata, che ha l'unico neo, dicesi, di essere perennemente innamorato. Ma questo forse l'aiuta a essere buono... Alberta è con me. Le suore... Che occhi chiari, sereni! Imparo subito il nome di quella che non dimenticherò: suor Luisa...

Qualcuno accosta le tende, rimbocca le mie coperte, una mano lieve si posa sulla mia fronte...

Una campanella lontana...

Fragili rintocchi...

Silenzio.

Chiudono pianamente la porta della mia cameretta...

Senso di disorientamento; poi di pace, di distacco dal mondo.

E qui s'interrompe questa storia senza capo né coda, a cui la morte non ha voluto mettere la parola: fine.

Senza capo né coda come del resto quasi tutte le storie tolte di peso dalla vita, anche se inventate come questa, ché la vita è un architetto senza piano regolatore, o meglio è un artista impazzito, e fa degli edifici ben bislacchi e li lascia quasi sempre incompiuti.
Ed è raro che metta un solido tetto alla casa di cui ha scavato con gran cura ed amore le fondamenta, e viceversa che scavi delle fondamenta rispettabili, degne di un bel tetto.

Qui ci voleva, secondo un piano regolatore, la mia santa morte, ed invece...

Invece io sono guarita, ho fatto tutto quello che avevo deciso in quel giorno memorando, tutto quello che avevo annunciato nella memoranda lettera, il che significa che quando si sta per perder la testa è il momento buono per decidere delle cose sensate.

O piuttosto significa che tutto, tutto - quello che dico e quello che non dico, - è accaduto perché doveva accadere, perché era già segnato nel libro del destino?

Non so. «Colpettini» non ne ho più fatti; ho rinunciato alla casa di città, ho sistemato i miei affari, non ho ripreso alcun fattore, e mi sono stabilita alla Marzòla.

Il diavolo non è poi così brutto come appare... I miei amici, quelli che mi vogliono bene, vengono a trovarmi senza bisogno ch'io li chiami; degli altri non m'importa; ai coloni, se mi hanno ingannata, ho perdonato senza restrizioni mentali e, quel che più conta, ho rinunciato nei loro riguardi a qualsiasi indagine sul passato iniziando, come si suol dire, un nuovo capitolo della storia, il che è la cosa più saggia che si possa fare nei casi senza rimedio.

Fin dove è possibile, ho imparato a conoscere la mia gente, e a governarla perciò con polso più fermo e in pari tempo con maggiore indulgenza, senza pretendere che somigli a noi, e soprattutto senza perdere di vista che noi, posti nelle sue condizioni, non saremmo forse di molto migliori.

E pur nelle favorevoli condizioni in cui siamo, non è proprio certo che si valga moralmente di più.

Mussolini ha detto che le donne non sanno fare le case?... Modestamente, fra prima e dopo del mio male, ne ho costruite ben tre, e non sono ancora crollate. Stavo per crollare io, invece, quest'è vero, dal che si deduce che nelle donne non c'è la stoffa dei grandi capitani, e se in una regge il cervello, non regge il fisico, e viceversa; ma le mie case reggono: hanno i muri, le porte, le finestre, le tegole: non ho dimenticato la scala, né il camino.

Una la feci per la Martina a cui ho assegnato anche un pezzetto di terra, ché a settant'anni era tempo che la poveretta smettesse di far la cocotte; l'altra per il «missionario», figliolo della Pigozza detta Cavron, il quale, - dopo tragedie degne di Eschilo, - ha finito per sposare «l'americana», e non ha più i foruncoli; la terza, molto graziosa, l'ho dedicata alle mie dodici galline bianche.

Sì, non vi sembri strano: ho un pollaio; e le mie galline sono interessantissime, e differiscono per carattere e per attitudini l'una dall'altra: più interessanti, in questo senso, di qualche gruppo di signore.

In alcuni appezzamenti della Marzòla ho introdotto la cultura intensiva, e lo scorso autunno ho meritato nientemeno che il Premio del grano.

In seguito a questi fatti, io mi do importanza, naturalmente; mi pavoneggio; e discuto con gravità sul prezzo del fieno e sull'avvenire dei porcelli col vecchio Battagin, con

Gatto, e con Padovan detto Baretina, che ho elevato al grado di Consiglieri di Stato, senza dimenticar di tanto in tanto gli altri, per non scatenare rivalità.

Nel circondario sono tenuta in considerazione, ed anche la mia gente, - un poco, un pocolino appena, ma insensibilmente ogni giorno di più - va abituandosi a me, ed alla mia volontà in gonnella.

Contenta, dunque?... Ah, questo è un po' difficile da stabilire.

Del passato mi è rimasta come un'inquietudine, una paura del dolore, e l'istinto imperioso di sfuggirlo, ché non si rifà due volte impunemente una certa strada...

E, forse, mi prende talora un po' la stanchezza, o piuttosto l'insoddisfazione, delle cose che sto facendo, di queste mie occupazioni che non possono bastare, - o almeno un tempo pensavo non potessero, - come principale alimento ad una vita intelligente, piena, degna di me: ma quale presunzione, non è vero?

Dovunque e comunque la vita può essere piena e soprattutto dovunque e comunque si può essere felici o infelici.

Bastano una creatura umana, una bestia, una pianta, a creare un mondo; anzi, ciascuno di questi esseri costituisce di per sé un mondo, ed offre una miniera di osservazioni. Non importa davvero che la creatura umana sia un conte, la bestia un puro sangue, la pianta un'orchidea: in un certo senso si differenziano di più tra loro, ed hanno più storia, i cenciosi, i cavalli magri e pieni di guidaleschi, e le erbe dei prati che servono a molti usi: per mangime ai bovi, per far le tisane, e per confortare il nostro occhio a primavera.

Alla Casa di cura, gomito a gomito colla pazzia e colla morte, mai la mia vita fu più conscia, più vibrante, più grata a Dio. Mai salutai, come in quell'anno, con tanto impeto di gioia, il primo fiorire dei timidi fiori d'aprile.

Quanto alla felicità e all'infelicità... Esse sono ospiti che portiamo in noi. Ed io sono persuasa che se la mia vita diventasse a un tratto quella di Josephine Baker, - no, di Mistinguett!, - cioè probabilmente alquanto diversa dalla mia, non mi sentirei più felice né più infelice di quanto sono quando esco colla Fina a passeggiare per i prati della Marzòla, o quando mi riesce bene il budino di mele.

E qui oggi, a tu per tu colla natura, colla possibilità di concedermi il lusso di non aver fretta, e di riflettere sul destino umano, quante cose che un giorno mi sembravano importanti, indispensabili, essenziali, non mi appaiono oggi quasi vuote di significato, scialbe, e soprattutto relative?

Dinnanzi al divino miracolo del ricorrere delle stagioni, all'improvviso zampillar dell'acqua da una sorgente, alla silenziosa immensità di un cielo pieno di stelle, non ho avuto qui, talora, la sensazione fugace, ma folgorante, della nostra piccolezza sia pure, ma anche della nostra appartenenza ad un tutto, a un ordine, a un'armonia, che ha placato in me l'ansia dell'ignoto?

Conclusione... Se c'è qualcuno così antiquato da richiederne una per il mio inconcluso racconto, io non ho che questa da proporre, e gliel'offro:

«Sia fatta la volontà di Dio».